시가로 읽는 간토関東대지진

시가로 읽는 간토関東대지진

엄인경·김보경 편역

역락

일러두기

1. 이 책의 모든 주와 해설 및 작가 설명은 역자들에 의한 것이다.
2. 일본 인명, 지명과 같은 고유명사 표기는 교육부 고시에 따른 외래어 표기법에
   준하였다.
3. 시가의 목차 배열은 시인과 가인 이름의 오십음도五十音図 순에 따른다.
4. 시의 원문은 모두 1923년 시화회詩話會에서 펴낸 『재화의 위에서災禍の上に』(東
   京: 新潮社)를 참고하였다.
5. 단카는 일본 고유의 정형시이므로 가급적 5・7・5・7・7조에 맞추어 번역하였
   으며, 작품의 뒤에 출전을 기재하였다.

머리말

이 책 『시가로 읽는 간토關東대지진』은 1923년 9월 1일 11시 58분, 진도 7.9로 발생하여 도쿄東京와 요코하마橫浜 등 제국의 수도권을 강타하고 10만 명이 넘는 사상자와 이재민을 낳은 간토대지진을 소재로 한 일본 문학자들의 시와 단카短歌 작품을 번역한 것이다. 당시의 충격적 재해 상황을 곧바로 표현하지 않을 수 없었던 일본의 시인 12명의 시 19편과 20명 가인歌人의 단카 259수를 번역 수록하였다.

시가詩歌는 오늘날 시poetry와 같은 의미로 통용되지만, 특별히 일본에서는 시 장르와 단카 장르를 합한 용어로 사용된 이력이 길다. 단카란 5·7·5·7·7의 다섯 구 서른 한 음절로 이루어진 일본의 전통적 문예 장르를 일컬으며 그 연원은 8세기로 거슬러 올라간다. 천삼백 년 이상의 역사를 갖는 일본大和의 노래歌는 근대 이후 시 장르가 갖는 현대적이면서 포괄적인 개념과 만나 시가라는 말로 묶일 수 있게 된 것이다.

진재震災, 즉 지진에 의한 재난은 고대부터 기억에도 선명한 2011년 3월 11일의 동일본대지진에 이르기까지 일본의 역사와 함께 한 숙명이었다고 해도 과언이 아니다. 이처럼 지진에 의한 재난을 소재로 한 문학작품은 일본에서 '진재문학'으로 일컬어지며 하나의 계보로 성립되기에 이르렀다. 일본 '진재문학'의 효시는 1212년 가모노 조메이鴨長明라는 승려가 쓴 에세이 『호조키方丈記』인데, 이 작품 탄생 800주년과 3.11 동일본대지진 1주기가 맞물린 2012년 일본의 출판계는 재난과 문학과 인간의 삶의 관계를 성찰하는 책들을 대거 내놓기도 했다.

그런데 흥미로운 현상은 일본에서 재난과 문학의 관계를 생각할 때 유독 시가 문학에서는 지진이나 관련 재난 상황이 근대 이후에 폭발적으로 등장한다는 점이다. 시 장르가 근대에 성립한 것이야 그렇다고 하더라도, 유구한 역사를 갖는 일본 고유의 정형시가인 단카에서 지진의 옛말 '나이なゐ'는 공식석상에 등장한 적이 없다. 지진 재해를 일본의 노래에 읊어서는 안 된다는 약속, 혹은 터부가 있었을 것이다.

그에 비해 현대 일본에서는 대지진과 같은 재난 직후의 실어 상태에서 '말'을 되찾아갈 때 시는 물론이고 단카와 하이쿠俳句와 같은 짧은 시가가 가장 먼저 선택되고, 대량으로 표현되는 것을 목도할 수 있다. 사실 거대한 비극 앞에서 드러나는 인간의 왜소함과 무력함, 거스를 수 없는 운명에 대한 비통함을 노래하는 '애가哀歌', '만가挽歌'는 오랜 세월 동안 시가의 가장 큰 줄기를 이루어왔기 때문에 자연적 재해로 인한 상실과 아픔의 표현이 시가

장르에서 더 활발히 일어난 것은 자연스럽게 여겨진다. 또한 SNS(소셜 네트워크 서비스) 상에서 짧은 글을 통해 일상을 기록하고 공유하는 문화가 지배하는 시대에 슬픔과 위로를 나누기 위한 통로로 산문보다 시가가 선택된 것은 납득할 만한 현상일지 모른다.

문학작품의 번역에서 원문을 충실히 옮기면서도 작가 특유의 문체를 살리기 위한 의역의 범위를 어디까지 설정할 것인가 하는 문제는 모든 번역자들이 마주하게 되는 고민일 것이다. 하물며 단어의 일상성을 벗겨낸 시적 언어들의 경우, 각각을 한국어의 어떤 말에 대응시켜야 할지 하나의 단어를 두고도 긴 시간 고민을 거듭해야만 했다. 또 운문의 특성상 원문이 지닌 운율을 최대한 해치지 않으면서도 한국 독자가 읽기에 어색하지 않은 문장을 쓰기 위해 고심하였다.

본서의 번역 작업이 연구자들뿐 아니라 간토대지진, 재난과 문학의 관계 등에 관심을 가진 일반 독자들에게도 도움이 되기를 바라마지 않는다. 끝으로 완성도 있는 책으로 간행될 수 있도록 세심하게 원고를 편집해 주신 홍혜정 과장님, 이대현 사장님을 비롯한 역락 관계자 분들께 깊이 감사드린다.

2017년 7월
엄인경·김보경

차례

단카短歌

시詩

01_

아키타 우자쿠秋田雨雀

아키타 우자쿠 (1883.1.30.~1962.5.12.)

극작가이자 시인으로, 동화와 소설 집필도 하였으며 사회운
동가로도 활동하였다. 1908년 은사인 시마무라 호게쓰島村抱月
의 추천으로 『와세다문학早稲田文学』 6월호에 소설 「동성의 사
랑同性の恋」을 발표하였다. 오사나이 가오루小山内薫의 입센연구
회의 서기로 일하면서 희곡에 대한 연구를 지속하였다.

1913년에는 시마무라 호게쓰의 극단 예술좌芸術座 창설에
참가하였으나 다음 해 탈퇴하였다. 전후에는 공산당에 입당하
였으며, 1950년에는 일본아동문학자협회 제2대 회장에 취임
하기도 하였다.

12

죽음의 수도 死の都

죽음의 수도여!
너는 모두 잃고 말았다,
좋은 것도 나쁜 것도……
너는 많은 꿈을 갖고 있었다. 즐거운, 슬픈……
그러나 너는 지금 모두 잃고 말았다.
모든 것을 잃고 말았다……
모두 다 타서 사라지고 말았다……
그러나 너는, 일찍부터 불탈 운명을 지니고 있었다, 싹을 갖고 있
었다,
화약을 갖고 있었다, 너 자신의 품 안에.
그러나 너는 밖으로부터는 타지 않았다, 너 자신의 운명이 너를
태운 것이다, 너의 싹은 불이었다, 그리고 너의 화약에 그 불을
붙인 것이다.

죽음의 수도여!
너의 시민들은 오랜 세월 너무나도 무지하고 우쭐해 있었다.
전승戰勝이 이어졌다.
부富가 집적되었다.

정복욕이 채워졌다.

그들은 인간의 생활, 인류 공존의 행복에 관해 생각한 적이 없었다.

그들은 되도록 많이 가지려 하였다.

그들은 자유 경쟁의 철학 위에 지배욕과 피被정복의 도덕을 건설했다.

미신……암흑……굴종……절망의 위에 각각 아름다운 도덕의 가면을 씌웠다.

그리고 그 도덕이 절대 권력과 결부되어 있었다.

죽음의 수도여!

영원히 잠들어라, 죽음의 수도여!

너를 멸망케 한 것은 조선인鮮人도 아니며, 사회주의자도 아니다!

너를 멸망케 한 것은 너 자신의 운명인 것이다.

죽음의 수도여!

영원히 잠들어라, 죽음의 수도여!

바빌론의 도시처럼 영원히 땅으로 떨어져라!

너무나 참혹한 희생이기는 하나, 우리들은 눈물을 삼키며 너와 헤어져야만 한다!

안녕히!

죽음의 수도여!

영원히 잠들어라, 죽음의 수도여!

(1923. 9. 14)

02_

오자키 기하치尾崎喜八

오자키 기하치 (1892.1.31.~1974.2.4.)

시인이자 수필가, 번역가로도 활동하였다. 20대 초반 시라카바파白樺派의 영향을 받아 시 창작을 시작했다. 1919년에는 연인을 스페인 독감으로 잃고 조선에 건너가기도 하였다. 시작詩作과 더불어 문예지 『시라카바白樺』에 유럽 문학을 주로 번역하여 소개하였다.

오자키는 전원풍경을 사랑하여, 매일 시나 문장을 쓰는 생활을 하며 첫 시집 『하늘과 수목空と樹木』을 간행하였다. 이상주의적, 인도주의적인 작풍에서 시라카바파와의 공통점을 엿볼 수 있으며 주로 자연의 아름다움이나 인간의 위대함을 노래한 작품이 많다.

도쿄로 東京へ

안녕!
아침의 책상이여,
책들이여, 꽃이여.

오늘도 또 저 황폐한 도쿄로 나는 간다,
동정과 위로와, 용기를 북돋게 하는 말이,
마치 따뜻하게 구워진 빵처럼,
완전히 가득 차 쾌청한,
오늘 아침의 상냥한 마음을 싣고서.

그곳에서는
나 같은 사람까지도 기다리고 있는 것이다.
아무리 보잘 것 없는 친애親愛의 표현이라도
알몸이 된 사람들의 가슴에는 밝게 울리는 것이다.
아아, 끝없이 펼쳐진 재 위,
타버린 돌과 비참함의 황야 속에서 피어나 벌어진
그 교감의 기쁨이라는 흔치 않은 꽃이야말로,
나를 좋게 만든다. 풍족하게 만든다.

안녕!

어젯밤의 책들이여, 오늘 아침의 일이여,

또 우리 전원田園의 평화로운 하늘과 수목들이여.

이 맘 때의, 매일의 생활에,

너희들이 바친 사랑과, 자애와, 힘을

나는 저 사람들에게 전하기 위해 오늘 간다,

나의 빈약한 예술에 대해서는 알지도 못하고,

그러나 그 근본인

가슴의 뜨거움은 금방 느끼는 사람들과 만나기 위해!

여자들 女等

엉덩이 끝 쪽에 매단 조리草履[1],

언니가 쓴 수영모자,

재앙에도 꺾이지 않는 밝은 정신과,

그 진지함과, 그 친절함과,

---

1) 일본식 짚신.

오오, 이상하리만치 아름다운 나의 도쿄 여자들이여.
그대들의 재를 마셔 바랜 귀밑머리를,
거대한 구월의 태양은 금빛으로 타오르게 하고,
추풍秋風은 불어 정겹게 빗질한다!

아아 매일의 장대한 폐허 속,
피난과 구제의 세계적인 소동 속에서
일체의 쓸모없음을 거칠게 버리고,
참된 용모에서 빛을 내뿜는 그대들이야말로 아름답다.
일찍이 보지 못한 정신과 자태의 신비한 합체는,
그녀들과 모성의 빛을 모르는 척 흩뿌리면서,
찬탄과 신뢰가 우리의 마음에서 샘솟게 한다.
오오, 재앙에서 모습을 드러낸 미지未知의 꽃,
새로운 영원의 안티고네인 그대여!

(9월 10일)

19

03_

사이조 야소西条八十

사이조 야소 (1892.1.15.~1970.8.12.)

시인이자 작사가, 불교학자. 도쿄 출생으로 와세다대학 영문 학과를 졸업하였다. 세련되고 환상적인 시풍으로 명성을 얻었 으며, 아동 잡지 『붉은 새赤い鳥』에 발표한 「카나리아かなりあ」는 일본 최초의 예술 동요로 일컬어졌다. 프랑스 소르본대학에서 유학한 후, 와세다대학 불문과 교수로 재직하기도 하였다.

사이조의 시는 이미지의 화려함과 감수성이 그 특징으로 꼽 히며 19세기 말의 아일랜드 문학 등에서 영향을 받은 것으로 여겨지기도 한다. 동요에서도 생활 속에서 느끼는 슬픔이나 감 상感傷을 제재로 하는 일이 많고, 문어시文語詩, 정형시定型詩가 많다는 평가를 받는다.

외포의 시간 畏怖の時

×

지진에 흔들리는 밤중의 쓸쓸함,
나의 몸은 한줄기 푸른 갈대가 되어
어두운 밤의 흐름에 떠오른다,
등불도 없이, 갈 곳도 가리지 않고.

핫, 핫, 하고 희미한 숨결만이
강바람처럼 귀 언저리를 드나들고,
지친 아내와 아이와 노모가
곁에 잠들어있다.

가족이기에 나를 믿고 잠들었지만
나는 어디로 믿음을 이어가야하나,
정처 없는 갈대 잎에
밤은 지나고, 밤은 깊어간다.

거대한 사람의 맥박이 뛰듯이

점점 커져가는 지진이여,
한 조각의 갈대는 도시도 인간도 뒤로하고
지금 원시적 공포의 물결을 거슬러 오른다.

×

심하게 떨리는 지진의 틈에
그리운 것의 환영을 보고
그것은 부스스한 초원을 가로지르는
한줄기 하얀 길이 되네.

나 그 길이
어디로 이어지는지 모르네,
그러나 옛 친구를 만나는 것처럼
두근거리며, 가슴이 뛰었다.

오늘 지진이 지나가고 고요한 아침 찾아와,
가족과 동틀 녘 탁자에서 문득 생각한다,
언젠가 또
저 백조처럼 달아날 수 있는 길을 보리라고.

Nihil

그 다음 페이지에
이처럼 두려운 지옥의 있으리라고는
누구도 알지 못했다,
사람들은 언제나처럼 담소를 나누며
시간의 앨범을 열었다.

이다음 지옥의 그림 뒤에는
웅장하며 아름다운 새로운 도시의 사진이 꽂혀 있을 것이라
사람들은 굳게 믿고 있다.

하지만 열어 보니 그곳이 블랭크가 아닐 것이라고 누가 말할 수
있으리.

04_

사토 기요시佐藤清

사토 기요시 (1885.1.11.~1960.8.17.)

시인이자 영문학자. 미야기 현宮城県 센다이 시仙台市 출신으로 도쿄제국대학 영문학과를 졸업하였다. 이후 영국으로 유학하였고, 도쿄여자고등사범학교 교수, 경성제국대학 교수 등을 역임하였다. 1924년 경성제대의 명을 받고 영국과 프랑스에 또 다시 유학하였다.

전후 1954년에는 『시성詩声』을 창간하여 시에 국한하지 않고 논문이나 연구발표의 장을 제공하였다.

예감 予感

나는 저녁 무렵, 어느 집 창 밑을 지나게 되었다.
그리고 저마다 무언가 말하고 있던 학생들이,
발소리를 듣고 갑자기 입을 다물어버렸다.
길은 조용하고 등불이 켜져 있었다.

아직 초저녁이지만, 무언가 소곤거리고 있던
귀가가 늦은 두 여공이,
뒤에서 나타난 사람 그림자에 갑자기 입을 다물었다.
조용한 가을비가 도랑물에 떨어지고 있었다.

목욕탕에서 빠진 냄새 고약한 물이 철벅철벅,
하녀끼리 흐느껴 울던 구석을,
지나가던 그들은 두려워하여 떠나갔다.
바람이 가로수를 심하게 때리고 있었다.

어차피 한바탕이고 두 번이고 올 것이다.
그에 비해서는 바람도 비도 평소 그대로인데,
발에 들러붙은 이 무더운 먼지는 어떠한가.

아아, 생각해보면, 그 사이에 지진운地震雲이 밤을 삼키고 있었던
것이다.

사자 獅子

사람들을 끌어넣고 휘몰아치던 불의 회오리바람은
돌연 내 앞에서 방향을 바꾸어, 오른쪽으로,
떠들썩한 울림과 함께 타올라 무너진 벽돌건물 쪽으로,
갑자기 휘어서 불기 시작하였다. 뺨의 잔열殘熱이 식었다.
나도, 주위에 포개져있던 사람들과 함께,
이 때 처음으로 안심하였으나, 지진은 틈을 두지 않고 요동치고
있었다.
사방에 오른 불의 손은 여러 간間2)의 간지間地를 비추고,
파릇파릇한 가로수의 가지 끝을 탁탁 태우고 있었다.

나는 무심코 옆으로 고개를 돌렸다,

---

2) 길이의 단위로 한 간은 여섯 자(尺), 약 10미터 정도에 해당한다.

바로 옆에 금빛의 사자가 입을 다물고,
지그시, 타오르는 불과 비명을 지켜보고 있었다.
나의 신경은 날카롭게 관통당하여,
온 몸이 미친 듯한 불길 앞에서 유리문처럼 떨렸다.

그러나 사람들은 도망가려고 하지 않았다. 사자와 나의 사
이에,
두꺼운 철의 격자가 뚜렷하게 보이기 시작했다.
그 때, 내 등에서 뜨거운 물과 같은 땀이 흘렀다,
그리고 밟고 있던 뜨거운 잿더미 속으로 뚝뚝 떨어졌다.

사람, 불, 지진 人, 火, 地震

지독한 사람이다, 불이다, 경계 없는 지진이다,
게다가 숨도 돌릴 수 없는 회오리바람이다.
불붙은 장지가 날아온다,
불타는 말馬이 날아온다,
발밑의 자갈이 튀어 오르고,

불의 조약돌을 뺨을 향하여 쏘아댄다.
사람들은 픽픽 쓰러진다. 뒷사람들은
시체를 짓밟고 파고 들어온다.

"오빠, 불 타 죽기는 싫어요,
소매에 불이 붙으면, 이 끈으로 목 졸라 죽여주세요!"

쓰러져도, 쓰러져도, 지독한 사람이다,
불타도, 불타도, 지독한 불이다,

"소매에 붙으면, 목 졸라 죽여주세요."

불의 기와다, 불의 재다,
여동생의 뺨이 보이지 않게 되었다,
아무것도 보이지 않는다,
망막의 밑바닥이 새까맣게 고통스럽게 불타오르고 있을 뿐
이다.
．．．．．．．．．．．．．．．．．
"목 졸라 죽여……"

오오, 여동생은 아직 살아 있다,

28

지독한 사람이다, 불이다, 경계 없는 지진이다,
게다가 숨도 돌릴 수 없는 회오리바람이다.

05_
사토 소노스케佐藤惣之助

사토 소노스케 (1890.12.3.~1942.5.15.)

시인이자 작사가. 가나가와 현神奈川県 가나가와 시川崎市 출신.
사토 고로쿠佐藤紅緑에게 하이쿠俳句를 배웠고, 1916년에 최초
의 시집인 『정의의 투구正義の兜』를 펴냈다. 1933년에 부인과
사별하고 같은 해 시인인 하기와라 사쿠타로萩原朔太郎의 여동
생과 재혼하였다.

작곡가인 고가 마사오古賀政男와 많은 곡 작업을 하였으며,
1938년에는 구메 마사오久米正雄, 가와구치 마쓰타로川口松太郎
등의 문인과 함께 중국으로 건너가 종군기자로 활동하기도 하
였다.

사령의 전차 死靈の電車

잿더미인 길모퉁이에 전차가 멈춰있다
사해死骸가 셋, 손도 없고, 머리도 없이
마주보고 고요하게 여행 중이다
세 검둥이가 세 개의 창에 늘어서 있다
슬슬 달밤이라는데, 그 아래는
개미 인간이 램프를 들고 날아간다
모두가 벙어리다, 벽돌에서 물이 반짝반짝 빛난다
((꽃을 먹고 싶어, 하얀 꽃을 먹고 싶어))
세 검둥이는 구경거리처럼
어디에도 없는 문지기를 부르고 있다…….

06_

하기와라 교지로萩原恭次郎

하기와라 교지로 (1899.5.23.~1938.11.22.)

다이쇼大正, 쇼와昭和 시기에 활동한 시인.

당초에는 다다이스트로 예술 활동을 시작하였으나 점차 아나키즘 운동에 경도되어 갔으며, 다이쇼 말기의 예술 혁명에도 적극적으로 가담하였다. 1924년 무라야마 도모요시村山知義 등의 「MAVO」에 가맹하였고, 이들과 함께 전위예술적 실험을 이어갔다. 1928년 도쿄에서의 생활이 빈궁해져 귀경하게 되는데 이즈음 『문예해방文芸解放』 등 아나키즘 계열 잡지의 중심 멤버로 활약하였다.

무제 無題

죽음으로 이끄는 것은 알지 못한다

꺾여 버린 도로의 틈으로
머리가 구르며 웃고 있다
갈라진 육체가 흩어져 웃고 있다
파열된 심장이
비틀어진 채 움직이지 않는다

마르고 시든, 씁쓸한 피를 핥으며
벗이여!
──살아라 살아……
두 팔을 벌리고
그 머리를 덥석 물어
입 맞춘다

피와 모래로 숨이 막혀 말라붙은 채로
나에게
굳어서

——목놓아 운다
그 육체에
——피를 부어
——피로 씻어내리!

부서져 버린 거리 위에서
그와 나의 의지는
창백하게 질려 발화한다

나뒹굴고 있는 머리
타다 남은 백골
남겨진 생존은
누구와 이제부터를 악수한단 말인가
마르고 시든 피와 피를 핥으며
벗이여!

솟아오르라 새로운 사실의 피 噴き上れ新事実の血

쿨럭　쿨럭
피의 중얼거림이다
코를 가르는 피의 타는 냄새 속을
인간은 중얼거리며 간다
피투성이의 자동차는 달린다

타는 피의 냄새를 한탄하지 말라――
낡고 문드러진 피를 불태워――
정의와 새로운 피로 되살아나라――
퇴폐의 썩은 살을 태워서――
길을 피로 칠하라!

연애도 지폐도 무도장舞踏場도
매춘부의 육체도――눈에 들어오는 것 모두가 불탄다
맹화猛火와――재와――시체
썩어 더듬거리는 피의 괴멸 속에서
새까만 새로운 사실의 피가 솟아오르는 것을 들어라
불타고 불타고 불타서
뼈까지 태워 무너뜨리는 불의 바닷속에서 들어라!

35

07_

후카오 스마코深尾須磨子

후카오 스마코 (1888.11.18.~1974.3.31.)

시인이자 작가, 번역가.

요사노 아키코与謝野晶子에게 사사하였으며, 프랑스에서 유학하였다. 1930년 시집인 『암탉의 시야牝鶏の視野』를 출판하였으나, 이후 다시 프랑스로 건너가 생물학을 공부하였다. 시 뿐만 아니라 소설, 아동문학 등을 집필하기도 하였으며 전쟁 협력했던 이력에 대한 비난을 받기도 하며, 전후에는 좌익적인 색채를 띤 문학자로 활동하였다.

초기 시에서는 남편을 잃은 상실감을 낭만적으로 노래하였으나 유럽 체류 이후 좀 더 지적이고 세련된 스타일을 추구해 갔다는 평을 받는다.

박사의 행방 博士のゆくえ

바르게 정돈된 두 손을,
기도하는 이처럼 하늘로 향하여,
시절도 정신을 잃었다.

아아, 천구백 이십삼 년 구 월 일 일,
한 줄, 굵게 붉은 선을 긋고,
줄어든 생명이여, 타오른 힘이여.

새겨라, 영원의 가슴 깊이,
올림피아의 정원도 떨게 만들었던
너의 최후는 위대했다.

두려움, 공포, 실신, 자실自失,
그리고 지금, 반장半畳3)의 문틈으로
들여다보는 생生을 의심하면서.

---

3) 장畳은 다다미의 수를 세는 말로 여기서는 다다미 반 장 정도의 크기를 가리킨다.

나는 생각한다,
저 가련한 작은 여자아이가 있는 곳을,
저 유덕有德한 박사의 행방을.

악귀의 형상은 무시무시해서,
몸부림치는 흰 연기로 하늘은 뒤덮고,
대도쿄大東京여, 너의 죽음은 위대했다.

잊어버린 가을 忘れた秋

잔뜩 긴장한 마음의 틈으로
들여다보는 것은,
들여다보는 것은 잊어버린 가을이 아닌가,
오랜만에 만나는 지기知己와 같은.

완구점 할아버지,
이제 그만 그 가게를 열어주세요.
그리고 말을, 자동차를,

새빨간 풍선을 늘어놓아 주세요.

온 몸의 털이 설 것만 같은 꿈에서 깨어나
아기는 장난감이 필요해요.
어서 늘어놔 주세요,
나팔을, 북을, 피리를, 깃발을.

놀람을 넘어선 놀라움에
오랜 병으로 멍해진 마음이,
간신히 지금 한 송이 코스모스에서
잊어버린 가을의 냄새를 절실하게 맡는 것이다.

08_

호리구치 다이가쿠堀口大学

호리구치 다이가쿠 (1892.1.8.~1981.3.15.)

시인이자, 가인, 프랑스 문학자.

삼백 편 이상의 외국시를 번역하여 소개하였으며 이같은 활동을 통해 일본 근대시에 큰 영향을 미쳤다고 평가된다.『미타문학三田文学』,『스바루スバル』등 대표적인 문예지에 단카와 소품을 발표하였고 1911년경부터는 아버지와 함께 해외 생활을 시작한다.

귀국 후, 번역 시집인『어제의 꽃昨日の花』과 첫 시집인『월광과 피에로月光とピエロ』등을 출판하였다. 프랑스의 모더니즘 시인들과 직접적으로 교류한 경험에 기초한 자유롭고 활달한 시풍이 특징이다. 고상하고 밝은 관능을 갖추었으며 유럽의 에스프리esprit와 일본적 서정성을 융합한 시라는 평가를 받는다.

재앙 禍

지진보다도 화차火車보다도 쓰나미보다도
더욱 무서운 재앙이 나에게 하나 있다
참으로 아름다운 한 여인에게
사랑받고 나는 죽을 것만 같다

인간이여 人間よ

어제 아무도 알지 못한
지진이 왔다
오늘 누구도 알지 못한다
내일 무엇이 올 것인가
인간이여 인간이여

09_

미키 로후三木露風

미키 로후 (1889.6.23.~1964.12.29.)

시인이자 동요작가, 수필가. 본명은 미키 미사오三木操.

소학교, 중학교에 재학 중이던 시절부터 시나 하이쿠俳句, 단카短歌를 잡지에 기고하였으며 열일곱 살의 나이에 첫 시집을, 스무 살에 대표작인 『폐원廃園』을 출판하는 등 일찍부터 천재성을 드러내며 주목받았다.

초기에는 구어자유시口語自由詩 창작에 앞장섰으나 이후에는 문어文語에 의한 상징시를 주로 발표하였다. 프랑스의 상징주의와 일본 고유의 유현幽玄 사상을 융합하였다고 평가받는다. 이러한 미키 로후의 범신론적인 자연관은 이후 가톨릭 신앙과 결합하여 점차 종교적 색채가 짙은 작품을 발표하기에 이른다.

애가 哀歌

어제 건설된 대도시
오늘은 잿더미로 변하여 사라져 버렸다
애달픈 생명도 모두 함께
사람의 생명도 함께.

어제 현가絃歌가 울리던
도읍의 사거리 지금은 어찌되었나.
등롱灯籠을 늘어놓은 유녀의
유곽 자리 지금은 어찌되었나.

애사哀史는 이것으로 그치지 않고
시온의 소녀 부끄러움과
울음은 예나 지금이나 같다
일본의 소녀들은 머리카락을 흩뜨린다.

쑥스러움과 울고 있는
아가雅歌에서 노래하는 예레미야의
예언에 나오는 시온과
참으로 같지 않은가.

10_

무샤노코지 사네아쓰武者小路実篤

무샤노코지 사네아쓰 (1885.5.12.~1976.4.9.)

소설가이자 극작가. 시가 나오야志賀直哉 등과 함께 『시라카바白樺』를 창간하고 대표적인 작가 중 한 명으로 활동하였다. 또한 사회주의적 관점에서 '새로운 마을新しき村' 유토피아 운동을 실천하기도 하였다. 전후에는 미술에 대한 관심이 깊어가면서 회화에도 몰두하여 예술원 회원이 되었다.

시인으로서 무샤노코지 사네아쓰의 작품은 시단詩壇의 흐름과는 떨어져 평이한 언어로 솔직하게, 때로는 천진한 어조로 자신의 인생관을 노래했다는 평을 받는다.

준비는 되었는가 用意はいゝか

그저께
가난한 화가로
아내가 양복을 만들어 생활하고 있는
병든 친구가 왔다.
언뜻 보기에도
이것은 밥을 굶은 인간이구나 하고 생각했다.
언제나의 쾌활함은 전혀 없이
먹고 살 목표를 잃은 인간의
표독스러움이
얼굴이나 말에 노골적으로 드러나 있었다.

"집이 불탄 사람은
어쨌든 쌀을 받을 수 있으니까
먹고 살 수 있지만
우리처럼
지진을 만나도
셋집은 불타지 않고,
그 와중에 맡긴 물건은 타버려서

먹고 살 길을 잃은 인간은 불쌍합니다.

한 톨의 쌀도 받지 못하고,

그리고 현금이 아니면 아무것도 살 수가 없어요.

우리 주변에는

같은 처지의 집이

삼십 채 정도 있습니다만

그 중에서 직업을 잃지 않은 자는

세 명 정도입니다.

모두 어찌 해야 좋을지 모르겠습니다.

무엇이든 하려고는 하는데,

제 손에 맞는 일은 아무것도 찾지 못했어요.

먹고 살 길이 전혀 없는 겁니다.

이대로는 살 수 없습니다

무언가 두려운 일이 일어날 것이라고

모이기만 하면 다 같이 이야기하고 있습니다.

두려운 일이 일어나도

바로 먹을 수 있지는 않겠지요.

하지만 이대로는 굶주린 사람만

점점 늘어나니까 어쩔 수 없습니다

머지않아 어떻게 될런지요."

정말 어떻게 해야 좋을지 모르겠다는

들개 같은 표정을 하고 있다.

소탈하고 익살스러운 데가 있는 친구도

오늘은 그저 그런 면을 보이지 않는다.

실제 굶주린 자에게 낙천가가 되라고 말해도 그것은 무리이다.

먹고 살 방도가 없는 자에게

평화로운 마음을 지니라고 말해도 그것은 무리이다.

인간은 먹지 못하면 꺾여 주저앉기 마련이다.

불이 나서 집을 잃은 자에게는 먹고 살 수 있어도

쌀을 주고

화재로 인해 실상 먹지 못하게 된 사람이라도

자신의 셋집이 타지 않은 자에게는

한 톨의 쌀도 주지 않는 것은 좋지 않다.

이번 지진이나 화재로 먹고 살지 못하게 된 자가

얼마나 있는 것일까.

거기에서부터야말로

무엇인가 태어나지 않으면 안 된다.

그것은 무엇인가

어쨌든 인간은 살아갈 길을 찾지 못하면

안심하지 못하는 법이다

죽어도 좋다고는 좀처럼 생각하지 못하는 법이다

지난 일은 어쩔 수 없지만

다가올 것에는 가능한 한 준비를 해야만 한다

준비는 되었는가,

준비는 되었는가.

사람들이 구김 없이 살 수 있는 세계,

그것이 올 수 있도록,

준비는 되었는가,

준비는.

(1923. 10. 18)

11_

모모타 소지百田宗治

모모타 소지 (1893.1.25.~1955.12.12.)

시인이자 아동문학자. 민중시파民衆詩派 시인으로 알려져 있다. 고등소학교高等小学校 이외의 정규 교육은 받지 않았다.

시집 『최초의 한 명最初の一人』(1915), 『한 명과 전체一人と全体』(1916) 등이 유명하며, 1921년부터 1922년까지 시화회詩話会의 기관지인 『일본시인日本詩人』의 편집을 담당하였다. 이후 시풍이 온화하고 주지적인 방향으로 변화하였다.

1932년 무렵부터 '생활작문 운동生活綴り方運動'[4])에 호응하여 아동자유시 지도를 행하는 한편으로 작문 교육자들을 육성하기도 하였다.

---

4) '생활작문生活綴方'이란 아이들이나 청년이 생활자로서 자신의 생활 속에서 보고 듣고 느끼며 생각한 것을 사실에 준하여 구체적으로 스스로의 문장으로 표현한 것, 또는 그 작품을 일컫는 말이다. 또 이 같은 작품을 창작할 수 있도록 지도하는 것을 망라하여 '생활작문 교육'이라고 불렀는데 이 같은 교육을 발전시켜 보급하려는 목적에서 행해진 민간의 교육활동이 바로 '생활작문 운동'이다.

오다와라에서 小田原にて

모두 불타버린 오다와라의 거리는
추워 보이는 헐벗은 나무의 가지들만이
여기저기에 우뚝 솟아있을 뿐

검게 탄 전신주는 길가 쪽으로 기울었고
그 사이로 잿더미를 파헤치는 가엾은 사람들의 모습이 보인다.

쌓여있는 것은 낙엽인가
사람은 그것을 긁어모으는 가련한 정원사인가,
황폐해진
그것은 겨울철 황량한 공원의 으슥한 곳인가…….

저 여러 겹으로 쌓인 잿빛 구름의 건너편에
감춰진 것은 얼마나 준엄한 이 겨울의 추위일런가.

12_

요네자와 노부코米沢順子

요네자와 노부코 (1894.11.22.~1931.3.21.)

다이쇼大正부터 쇼와昭和 전기까지 주로 활동한 시인.

구마가이 나오히코熊谷直彦로부터 일본화를 배웠으며 이후 시 창작을 시작하게 된다. 1914년 6월, 오빠와 그 친구들과 함께 동인잡지인 『무우주無憂樹』를 출판하였다. 1919년 일본 최초의 여성시집이라 일컬어지는 『성수반聖水盤』을 발표하였다.

일본화를 배우던 솜씨를 살려 스스로 장정하였으며 상징시인 「감춘 꿈潛める夢」이 수록되어 있다. 1920년경부터 소설 창작도 시작하여 1928년에는 『시사신보時事新報』에 응모한 장편소설 「독화毒花」가 입선되기도 하였다.

그날 밤 その夜

미야기宮城5) 잔디 위, 맹렬한 불길의 포위와
건물의 무너지는 음향 속에서 하룻밤을 지새우다

오오 푸른 하늘의
아주 조금밖에 보이지 않는 것
새빨간 불의 하늘 속에
짓무른 달이 알른거린다

한 번의 흔들림으로
계급이 요동쳐 평등해진 사람들의
쾌활한 웃음소리를
들어보라

영차하고
이것으로 다시 태어날 수 있는 사람들
맹렬한 불길의 산도産道를 미끄러지고 있다

---

5) 일본 도호쿠東北 지방 태평양 연안에 있는 미야기 현宮城県을 가리킨다.

오히려 상쾌한 기분

오오 푸른 하늘의
아주 조금밖에 보이지 않는 것
그래도 그 안에
별이 반짝이고 있다

단카短歌

01_

아토미 가케이跡見花蹊

아토미 가케이 (1840.4.9.~1926.1.10.)

교육자이자 가인. 오사카大阪 출생.

그림, 한학, 시문, 서예 등을 배웠으며 아버지에게 이어받은 사숙私塾을 경영하였고 이 사숙이 현재 중학, 고교, 여대를 포함한 아토미가쿠엔跡見学園의 전신이 되었다.

그녀의 가풍歌風은 화조풍영을 중심으로 한 구파旧派적 경향이 강하며, 가집歌集에는 『꽃의 물방울花の雫』(1928)이 있다.

・수천수만 명 혼령들의 행방은 길 잃었겠지 어둔 세상 비쳐라 가을밤의 달이여.

千よろづの霊の行方や迷ふらむ暗の世てらせ秋の夜の月

・울며 외치는 소리 아직도 남은 느낌이 들고 불타버린 들판에 달빛은 추워 보여.

泣きさけぶ声なほのこる心地して焼野の原の月のさむけき

・사나운 영혼 신의 거친 날뜀에도 대지의 위에 곧장 난 길로 사람 걸어가라는 건가.

あらみたま神のたけびも大地の直なる道を人あゆめとか

『마음의 꽃心の花』(竹柏会, 1923.12.)

02_

이시쿠레 지마타石榑千亦

이시쿠레 지마타 (1869.8.26.~1942.8.22.)

가인. 에히메 현愛媛県 출생으로 마사오카 시키正岡子規와 동향사람이다. 1898년『마음의 꽃心の花』창간 이후 평생 책임편집자를 역임하였다.

바다를 여행하며 제재로 삼은 작품이 많아 '바다의 가인'으로 일컬어지며 가집에 『밀물 소리潮鳴』(1915), 『갈매기鴎』(1921), 『바다海』(1934) 등이 있고, 85쪽에 등장하는 가인 고토 미요코五島美代子가 며느리이다.

・지진 피해서 모두 강기슭에 있다가 귀가를 하는 나에게 매달리며 기뻐하는 어린애.

地震さけて皆河岸にをり帰りたる吾にしがみつき喜ぶ小さき子

・또 흔들리나 지진의 그 큰 힘을 알기 어려워 들어가지 못하고 멀리서 보는 내 집.

ゆり出でむなゐの力をはかりかね内には入らで遠見る我が家

・인간 세상을 태워 멸망시키려 하는 연기여 이 높은 가을 하늘 뒤덮어 버렸구나.

人の世をやき滅さむ煙かもこの秋空の高きを蔽ふ

・짧은 이승의 목숨 아깝게 여겨 여울 이루며 불티 튀는 강기슭 달려 도망치노라.

うつせみの命ををしみ早瀬なす火の子の河岸をかけ走るかも

・불티가 튀는 바람 사이를 달려 빠져나가는 인간들의 발걸음 느려 답답하구나.

火の子吹く風の間を走りくぐる人間の足のそのもどかしさ

· 내가 사는 집 태우는 불에 쫓겨 도망쳐 가는 그 방향에도 붉은 화염이 일어난다.

我が家を焼く火におはれのがれゆくゆく手にもあかく焔あがれり

· 그저 마음만 멀리 도망가누나 인파 소용돌이 안에서 부대끼며 아직 불길 가까워.

心のみ遠のがれつれ人の渦の中にもまれて末だ火に近し

· 거대한 도읍 화염 속에서 타는 그 불길 위의 탁해진 하늘에는 달빛이 허옇더라.

大き都炎ともゆる火の上の濁れる空に月しらけたり

· 풀밭 위에서 조금 진정이 되어 내일부터의 내 신세 걱정하고 아이들 걱정한다.

草の上にやや落つきて明日よりの我が身を思ひ子等を思ひぬ

· 물을 구한다 나간 아이 늦누나 불을 밝히고 어둔 곳 비춰보며 아이 이름 불러봐.

水を求むとゆきし子おそし火明りに闇をすかし見て名をよびて見る

60

・외려 당신이 다행일지 모르지 오래 살다가 너무 무서운 오늘
이런 밤 겪지 않고.(아내를 떠올리다)

　むしろ汝は幸なりけらしながらへて恐しき今日の今宵にあはず(憶妻)

・아이도 태운 황량한 짐수레를 집이 불에 탄 열 사람의 가족이
뒤따라가는구나.

　子さへのせし寂し荷車に焼出されの十人の家族随ひゆくも

・해는 뜨겁고 연기 매캐한 동네 견디기 어려워 베풀어주는 물이
있는 곳마다 마셔.

　日はあつく烟くさき町の堪がたみ施しの水あるごとにのみつ

・현미로 끓인 죽을 깊이 느끼며 맛을 보았다 촛불　켜놓은 빛이
어둑한 그 앞에서.

　玄米の粥をしみじみ味はひぬ蝋燭の灯のをぐらき前に

・이틀 낮밤을 그치지 않는 겁화 안 보려 해도 맨땅에 누워서는
잠들 수가 없으니.

　二日二夜やまぬ劫火を見じと思へど直土にゐて寝らえなくに

『마음의 꽃心の花』(竹柏会, 1923.10.)

61

03_
오카 후모토岡麓

오카 후모토 (1877.3.3.~1951.9.7.)
가인. 도쿄東京 출생.
사사키 노부쓰나佐々木信綱에게 가르침을 받고 이후 마사오카 시키正岡子規에게 사사하였다. 1916년 사이토 모키치斎藤茂吉의 권유로 『아라라기アララギ』를 근거로 활약하며 많은 문하생을 두게 된다.
서예가로서도 유명하고 온화하고 순수 명쾌한 가풍이 돋보이 며 『마당 이끼庭苔』(1926), 『겨울 하늘冬空』(1950) 등의 가집 이 있다.

9월 1일 길 위에서

· 이 대지진에 흔들리고 흔들려 우리 집으로 돌아가고 싶다는 생각만 그저 하네.

大地震はゆすりゆすれりわが家に帰らんとのみただに思へり

2일 밤은 후시미노미야伏見宮1) 문 앞에서 노숙을 하다

· 한밤중이라 여겨지는 무렵에 비가 내리네 타오르는 불길은 하늘을 그을러도.

真夜中とおぼゆる頃に雨ふれり燃えたてる火はそらをこがすも

· 타는 불길의 안에서 울려대는 무슨 굉음에 밤에 그저 떨면서 어린 자식 안는다.

燃ゆる火のなあにとどろくものの音に夜ただおびえてをさな子はをり

우리집 불타다

· 우리집 불에 타버린 흔적 아직 재가 뜨겁네 어디에선가 들리는 귀뚜라미의 소리.

わが家の焼跡はまだ灰あつしいづこよりかきこゆ蟋蟀のこゑ

---

1) 가나가와 현神奈川県 하야마葉山에 있던 황족 히가시후시미노미야東伏見宮의 별장으로 보임.

·우리집 불에 타버린 자리에서 떠올려본다 타는 데서 끝나지 않을 것까지 탔네.

わが家の焼けたる跡に立ちておもふ焼きてはすまぬものも焼きけり

3일 저녁 발행소에 도착하다

·길거리에서 저녁의 소나기에 몸은 젖어도 어린 자식마저도 울지 않고 걷누나.

みちにして夕立雨にぬるれどもをさなき子すら泣かずあゆめり

·지금까지는 익숙해진 마음에 머물지 않던 아침저녁의 일상 모두 감사하노라.

今までは馴れて心にとめざりし朝ゆふ事ぞみなありがたき

큰딸의 피난처를 묻다

·길가에 있는 시체들을 보고는 아직 못 찾은 내 자식 떠올리며 마음 조급하구나.

みちのべの死骸をみてはまだあはぬわが子思ひて心せかるる

『아라라기アララギ』(アララギ発行所, 1924.2.)

64

04_
오카모토 가노코岡本かの子

오카모토 가노코 (1889.3.1.~1939.2.18.)
가인이자 소설가.

도쿄의 부유한 가문 출생으로 1902년 아토미跡見여학교에
입학하였고, 『묘조明星』에 단카를 발표했다. 1909년 화가 오카
모토 잇페이岡本一平와 결혼하였으며, 후에 화가가 되는 다로太
郎를 출산했다. 남성 편력으로 인해 심신이상이 초래되나 남편
의 헌신적 지원으로 소설, 시, 희곡 등에 문학적 재능을 꽃피
우고 불교에 심취하게 된다.

자기 찬미와 생명을 응시하는 자세가 관철되는 특징적 가풍
을 지니며 1929년 『나의 최종가집わが最終歌集』까지 다섯 가집
을 발표하였다.

·잠에서 깨어 보노니 우리집도 남들이 사는 집들도 이 세상에 존재하지 않더라.

起ちあがり見ればわが家もひとの棲む家もこの世にあらざりにけり

·놀라운 일에 이어지는 놀라움 기막힌 슬픔 이어지는 슬픔을 분간할 수 없구나.

驚きに続く驚き悲しみに続く悲しみわきがたきかな

·여기저기의 시신들을 밟으며 밤이 새도록 들개들의 무리가 울기 멈추지 않아.(압사당한 불탄 시신들이 서로 섞이다)

をちこちのかばねふみつつ夜もすがら野犬の群は鳴きやまずけり

『주간 아사히週刊朝日』(朝日新聞社, 1923.9.)

·사람은 모두 부모가 깔려 죽고 자식 타 죽고 새들만이 즐겁게 지저귀며 노누나.

人はみな親を砕かれ子を焼かれ鳥のみ楽しく啼くき連れあぞぶ

・하늘과 땅이 거꾸로 뒤집힌 일 그 와중에도 마침내 피었구나
울타리의 나팔꽃.

　天地の逆事のなかにしていよいよ咲けり垣の朝顔

・하늘과 땅의 모든 것 타버렸다 생각했더니 이 물방울 떨어지는
영롱한 배의 구슬.

　天地のものみな焼けつとおもひきやこの雫する玲玉梨の実

『부인세계婦人世界』(実業之日本社, 1923.11.)

・거대한 지진 바닥에서 간절히 주워서 올린 이 하나의 목숨이
온천물에 떠 있네.

　大地震の底よりせちにひろひ来しひとつのいのち湯にし浮きたり

・나 혼자만의 목숨을 이 영롱한 물에 띄우고 위무한다는 것이
적적하게 느껴져.

　われのみの命を玉の湯に浮けていたはることのさびしくなりけり

『여성개조女性改造』(改造社, 1923.11・12.)

「벚꽃桜」 중에서

· 지진의 사태沙汰 그 상태로 있어라 돌로 된 절벽 실가지 벚나무
가 피어 늘어졌으니.

震崩れれそのままなれや石崖に枝垂れ桜は咲き枝垂れたり。

· 일본 이 나라 지진 후의 벚꽃은 어떠하려나 멋지게 필 것인가
기다리고 기다려.

日本の震後のさくらいかならん色にさくやと待ちに待ちたり。

『중앙공론中央公論』(雄松堂, 1924.4.)

05_
기타하라 하쿠슈北原白秋

기타하라 하쿠슈 (1885.1.25.~1942.11.2.
시인이자 가인. 후쿠오카 현福岡県 출생으로 17세 때부터 단카를 투고했다.

반反자연주의 예술가 그룹인 '목양회パンの会'를 일으키고 1909년에는 『스바루スバル』의 주요 동인으로 활약하였으며 시집 『사종문邪宗門』으로 각광을 받았다. 1913년에는 가집 『오동꽃桐の花』을 간행하고, 1924년에는 단카 잡지 『일광日光』 창간하였으며, 1935년에는 『다마多磨』를 창간 주재하였다.

단카, 시, 동요, 신민요, 소설, 수필 등 폭넓은 집필활동을 속에도 가집을 12권이나 간행하며 미美를 추구하고 변환変幻이 자유자재한 언어 사용으로 탁월한 가인이라 평가받는다.

·이 대지진은 피할 방법도 없어 납작 업드려 흔들리는 상태에 몸을 맡기고 있네.

　この大地震避くる術なしひれ伏して揺りのまにまに任せてぞ居る

·대나무 숲에 암소가 풀을 뜯는 소리 들으니 틀림없이 지진은 끝이 난 것 같구나.

　篁に牝牛草食む音きけばさだかに地震ははてにけらしも

·암소 서 있는 죽순대 덤불숲에 햇빛은 들고 어렴풋이 지진은 아직 이어지는 듯.

　牝牛立つ孟宗やぶの日のひかりかすけき地震はまだつづくらし

·햇볕이 드는 널따란 마당에서 둘러앉은 채 나눠먹는 점심은 부족해도 괜찮아.

　日あたりの広きお庭にまとゐしてわかつ昼餉は足らずともよし

·온 세상이 다 오만한 마음인지 오래됐으니 하늘과 땅의 분노 받게 된 것이로다.

　世を挙げて心傲ると歳久し天地の譴怒いただきにけり

『후인슈風隠集』(墨水書房, 1944.3.)

06_

구조 다케코九条武子

구조 다케코 (1887.10.20.~1928.2.7.)

교토京都 출신으로 다이쇼大正시대의 가인이자 교육자, 사회운동가이다.

1909년 결혼 후 유럽에서 자선병원, 고아원, 양로원 등을 시찰하고 단신 귀국했다. 단카는 사사키 노부쓰나佐々木信綱에게 사사하였으며 잡지 『마음의 꽃心の花』의 유력 가인으로 성장하였다. 간토대지진 때 임시구제사무소 출장소에서 구호사업의 진두지휘에 서고 사회사업과 학교 창설 등 여성교육에도 노력했다.

재색을 겸비한 다이쇼 3대 미인으로 일컬어졌으며, 멀리 남편에 대한 정을 노래한 가집 『금방울金鈴』(1920), 『훈염薫染』(1928) 등과 불교찬가, 수필 등을 발표하였다.

·무너져 내린 사물 소리와 사람 외치는 소리 슬프구나 대지는 끝없이 흔들리고.

くづれ落つるものの音人の叫ぶ声かなし大地はゆれ／＼てやまず

·이제 이것이 세상의 종말인가 여겨지는 때 마음은 오히려 더 편안히 가라앉아.

これや今世の終わりかと思ふ時こころなか／＼に安くおちゐつ

·열 겹 스무 겹 화염의 파도 속에 뒤덮여간다 어디로 가야할지 내 몸조차 모르네.

十重二十重火炎の波におはれゆくいづちゆくべきわが身とも知らず

·진동을 하는 이 대지를 여전히 의지하면서 어찌할 바 모르는 인간의 슬픔이여.

ゆりうごく大地をなほもたのみつつせむすべしらず人のかなしさ

·애착과 집착 얽혀 있는 것들은 거의 전부가 나를 내버렸구나 그것도 괜찮겠지.

愛執のまつはるもののものなべてわれをすてけりそもよからむか

·겨우 하룻밤 비몽사몽하다가 깨어서 보니 내 몸에 달려 있던
그 무엇도 없도다.

  たゞ一夜うつつの夢のさめてみれば身にそふものは何ものもなく

·추억 떠올릴 의지처조차 없는 불탄 자리에 지금 서 있는 나는
진정한 나이런가.

  思ひ出のよすがだになき焼跡にいまたつ我はまことの我か

·심상치 않은 얼마 전 한 때의 그 적막함이란 태어나기도 전의
세상이던가 싶네.

  いぶかしきひととき前のしづかさはうまれぬ先の世のことかとも

·내가 가진 힘 넘치는 걸 느낀다 창조해내는 백성의 한 명이라
나 스스로 기꺼워.

  わが力みなぎり覚ゆ創造の民のひとりと我をよろこぶ

『마음의 꽃心の花』(竹柏会, 1923.12.)

07_

구보타 우쓰보窪田空穂

구보타 우쓰보 (1877.6.8.~1967.4.12.)

가인. 나가노 현長野県 출생.

도쿄전문학교(지금의 와세다早稲田대학)에서 공부하고 『묘조明星』에서 나온 뒤 『야마히코山比古』, 『자양화紫陽花』 등 단카 잡지를 창간했다.

일본문학을 연구하였고 1914년에는 『국민문학国民文学』을 창간, 1920년에는 와세다대학의 강사가 되고 후에 교수가 된다. 그의 여러 가집 중에서도 『가가미바鏡葉』(1926)에는 추구하는 가치에 대한 집착, 사회나 시대에 대한 비평정신, 서민생활을 소재로 한 유머와 강인함, 간토대지진 등 다양한 제재를 노래한 단카들이 담겨 있다.

9월 1일의 대지진에 우리 집은 다행히 피해를 면했다. 위험을 겪은 사람은 수많이 있었지만 찾아가 볼 만한 장소도 없었다. 2일 진동이 조금 누그러지는 것을 믿고 우선 간다神田의 사루가쿠초猿楽町에 있는 조카의 집이 있던 곳을 봐야겠다고 갔다

· 타다가 남은 불꽃 있는 들판을 오가며 봐도 분간이 안 가누나 조카 집 있던 자리.

   燃え残るほのほの原を行きもどり見れども分かず甥が家あたり

· 땅은 모든 곳 시뻘건 숯불이니 이 아래쪽에 조카가 있다한들 내가 어떻게 할까.

   地はすべて赤き熾火なりこの甥のありとも我がいかにせむ

      귀로

· 타다가 남은 불꽃 가득한 속에 길을 찾아서 가면서도 여기가 어디인지를 몰라.

   焼け残るほのほのなかに路もとめゆきつつここをいづこと知らず

이다바시飯田橋 근처에 접대의 물2)이 있어 피해자들이 무
리지어 마신다

· 물을 보고서 비틀대며 다가온 나이든 사람 손이 벌벌 떨려서
그릇을 들지 못해.

水を見てよろめき寄れる老いし人手のわななきて茶碗の持てぬ

· 업은 아이에 물 마시게 해 주려 하는 여인의 손이 벌벌 떨리니
전부 쏟아진다네.

負へる子に水飲ませむとする女手のわななくにみなこぼしたり

불이 없는 쪽으로 사람들 열을 지어서 가다

· 터덜터덜 어기적어기적 휘청휘청 오는 사람들 눈동자 가라앉
고 그저 험악하구나.

とぼとぼとのろのろとふらふらと来る人らひとみ据わりてただにけはしき

조카가 왔다

· 여기 이 집에 안정 찾고 있으니 내 집에라도 있는 심정이라며
조카가 중얼대네.

この家に落ちつきてゐればわが家もある心地すと甥のつぶやく

---

2) 간토대지진 당시 수도관 등이 거의 파괴되어 물의 부족이 심각하였는데, 자연에
서 샘솟아 마시기에 안전한 물을 '접대의 물'이라고 하여 식수로 사용함.

·태연하게도 춤추는 나비로군 쓸쓸한 듯이 마당을 보던 조카 중
얼거리고 있다.

平気にも舞ふ蝶かなとさびしげに庭見る甥のつぶやきにけり

　　　사우詞友 니시카와 도모요시西川友義3) 피복창被服廠 자리4)
　　에서 죽었다는 소식을 듣다
·부상을 입은 아버지를 업고서 불타는 항간 달리던 니시카와 사
람들 다시 못 봐.

怪我したる父を背負ひて火の巷走れる西川を人のまた見ず

·니시카와가 나에게 준 것이라 선반에 놓은 여덟 사슴의 인형
상자에 담아둔다.

西川がくれたるものと棚にすゑし八つ鹿人形箱にしまひけり

---

3) 상세히 알 수 없으나 구보타 우쓰보가 창간하고 관여하였던 당시의 문예잡지
　『국민문학国民文学』(国民文学社)의 일을 함께 하던 인물이었던 것으로 추측.
4) 예전 육군피복창 터로 현재 도쿄 스미다 구墨田区의 요코즈나 공원横網公園. 간토
　대지진 당시에는 공터 상태여서 많은 사람들이 피난을 했는데, 이곳에 맹화가
　일어 약 44,000여 명의 사망자를 냄.

2일의 밤

· 지진이 오면 다시 안아줄테니 지금은 자라 말하자 끄덕이며 나를 보는 어린애.

  地震来ばだきだしやらむ今は寝よろいへばうなづきわれ見る童

· 길가에 있는 판자문의 그 위로 누운 아이의 자는 얼굴 하얗옇네 초롱불빛 아래에.

  路のべの戸坂の上に寝たる子の寝顔ほのじろし提灯の灯に

· 집안에 있는 불빛은 다 끄라는 날카로운 소리 어두운 문쪽에서 사람이 경고한다.

  家の内のあかりは消せと鋭声して暗き門より人いましむる

· 불빛 꺼버린 마을은 암흑이다 함성 소리가 가까운 동쪽 부근 골목에서 일어나.

  あかり消せる町は真暗なり鬨の声近く東の小路におこる

야경夜警이 시작되다

· 화재 위험해 밤에도 자지 마라 마구 두드리는 딱따기의 소리가 여기 저기서 들려.

  火あやふ夜も寝るなと乱れ打つ拍子木の音そこにかしこに

78

・엄청난 비에 흠뻑 젖은 상태로 야경을 돌고 내 자식 돌아왔네 허옇게 동이 틀 때.

大雨にしとどに濡れて夜警よりわが子帰りぬしらしら明けを

　　　　밤에는 달빛이 맑으니 한층 적적하다
・지붕의 기와 떨어지다 만 것이 처마의 끝에 달린 것 보여주며 달빛 맑게 비춘다.

屋根がはら落ち残りては軒先にかかれる見せて月さやに照る

・커다란 짐을 짊어진 어머니의 소매 잡고서 무언가 먹으면서 작은 아이 달린다.

大き荷を背負へる母の袖とらへもの食ひつつも童小走しる

　　　　멀리를 보며
・대도시 도쿄 불타오른 연기가 구름이 되어 하늘에 꽉 찬 채로 사흘을 가는구나.

大東京もゆるけむりの雲と凝り空にはびこりて三日をくづれず

・간다神田 구에는 집집마다 있다는 빈대벌레가 하나 안 남았겠군 웃지만 서글프네.

神田区の家毎にゐる南京虫一つ残らじと笑ひてかなしき

·이상하게도 뭉쳐서 빛이 나는 새하얀 구름 나무에 매미 우나 사람 소리는 없네.

あやしくも凝りてかがやくましら雲木に蟬なけど人の音はなき

스이도바시水道橋 다리 근처

·깊은 웅덩이 떨어져 죽어 있는 작은 망아지 갈기는 타버리고 얼굴 하늘로 향해.

深溝におちいりて死ねる小き馬たてがみ燃えし面を空に向けて

오차노미즈お茶の水 다리

·아내도 애도 죽었다 주었다며 혼잣말하고 불을 뿜는 다리판 밟고서 남자 간다.

妻も子も死ねり死ねりとひとりごち火を吐く橋板踏みて男ゆく

간다神田 니시키초錦町 부근

·돌로 지어진 얼음창고 무너져 녹다가 남은 얼음이 빛나누나 불에 탄 들판 위에.

石造の氷室くづれ溶け残る氷ひかれり焼原の上に

80

・얼음창고에서 얼음을 주워서는 등에 메고서 한 남자 방황하네 물방울 흘리면서.

　氷室にひろへる氷背おひては男うろつく雫垂らしつつ

　　　　이치코쿠바시一石橋
・위를 본 채로 물에 떠 있는 사내 엎드린 채로 가라앉은 여인네 작은 것은 그 앤가.

　あふ向きて浮かぶは男うつ伏してしづむは女小さきはその子か

・사람의 신세 어찌 생각하겠나 부모와 자식 세 사람 불에 타서 강물에 몸 썩을 줄.

　人の上とえやは思はむ親子三たり火に焼かれては川に身のくさる

　　　　마루노우치丸の内
・죽은 아이를 상자에 담아서는 부모 이름을 정성스레 쓰고서 길가에 버려뒀네.

　死ねる子を箱にをさめて親の名をねんごろに書きて路に棄ててあり

· 죽은 아이를 부모가 버렸구나 해자 근처에 버드나무 푸르고 선
선한 곳에다가.

死ねる子を親の棄てたりみ濠ばた柳青くしてすずしきところ

시계대

· 시계대만이 남아서 높이 있네. 열두 시 되기 이 분 전에 멈춰
선 커다란 시계바늘.

時計台残りて高し十二時まへ二分にてとまるその大き針

피복창 터 근처

· 오중짜리 탑 불에 탄 들판 너머 서 있는 모습 대체 무엇인지
나 괴이하게 여겨져.

五重の塔焼原越しに立てる見つ何ぞやと我が怪みかな

· 철로 된 다리 타서 녹아내렸다 물 위로 뜨는 한 사람 한 사람
은 탄식을 할 수밖에.

鉄橋の焼けとろけたり水にうかぶ一人一人は嘆かずあらむ

　　　　보는 것보다 더 듣는 것이 슬프다. 그 단편들을 기록하다
·강기슭으로 둥둥 떠서 밀려온 사람 시체를 손으로 밀쳐내며 물
을 마시는 사람.

　　川岸にただよひよれる死骸を手もてかき分け水を飲むひと

·끌던 수레가 하늘에 있나 싶어 정신 차리니 자기 몸이 지붕에
있더라 하는 사람.

　　輓ける車空にありと見正気づけば身は屋根の上にゐしといふひと

·우리 가문에 한 사람은 남으라 처자식 두고 불 속으로 돌진해
달려드는 한 사내.

　　我が家の一人は残れと妻子すて突ききると火中に走せ入れるをとこ

·주먹밥 하나 나누어서 건네 준 젊은 사람과 헤어지기 어렵게
되어버린 유부녀.

　　一つ結飯割りてやりたる若者と離れがたくもなりし人妻

·불에 탄 들판 여기 저기 다니며 내 아내인가 아인가 굽어 얼굴
들여다보는 사람.

　　焼原をたどるたどるもこや妻か子かとかがみて顔のぞくひと

· 들보 아래에 깔려있던 딸아이 불길 속에서 살려달라는 소리 나중에도 듣는 부모.

　　梁の下になれる娘の火中より助け呼ぶこゑを後も聞く親

　　　　　　　　　　　　『가가미바鏡葉』(紅玉堂, 1926.3.)

08_

고토 미요코五島美代子

고토 미요코 (1898.7.12.~1978.4.15.)

가인. 도쿄 출생.

16세 때 사사키 노부쓰나佐々木信綱에게 사사하고 『마음의 꽃心の花』에 단카를 발표했다. 1925년 가인 이시쿠레 지마타石槫千亦(p.58)의 셋째 아들과 결혼하여 1931년 영국에 갔다가, 1933년 귀국하여 다시 단카 창작 활동을 하게 된다. 센슈專修 대학 교수, 『아사히 신문朝日新聞』 가단歌壇의 선자 등을 역임하였다.

1920년대 중후반 한 때 프롤레타리아 단카운동에 관여한 바 있으며, 처녀가집 『난류暖流』(1936)의 모성애를 노래한 단카가 높이 평가되어 '어머니 가인母の歌人'으로 자리매김된다.

· 재가 돼 버린 도읍의 어느 구석 움직임 없는 전차의 안에서는
아이들이 노누나.

灰となりし都のはづれ動かざる電車の中に子らは遊べり

· 구축해 나갈 도읍을 위해서는 아주 조그만 돌이라도 되어라 조
그마한 이내 몸.

きづきゆく都のための小さなる石となさしめ小さきこの身

· 검게 그을린 도읍의 시신들이 눈에 배여서 올해의 가을에는 꽃
이 더 밝아 보여.

黒ずみし都のかばね目にしめばことしの秋の花のあかるさ

『마음의 꽃心の花』(竹柏会, 1923.12.)

09_

사이토 모키치斎藤茂吉

사이토 모키치 (1882.5.14.~1953.2.25.)

의사, 가인. 야마가타 현山形県 출생.

도쿄제국대학 의과대학을 졸업하고 정신병학을 전공하여 빈과 뮌헨 등에 유학하였고 귀국 때 병원이 전소된 것을 알고 병원장으로서 그 재건에 노력하였다. 단카 쪽은 마사오카 시키正岡子規의 작품에 경도되고 이토 사치오伊藤左千夫에게 사사하였으며 『아라라기アララギ』 창간에도 기여한다. 『적광赤光』(1913), 『아라타마あらたま』(1921) 등 17권에 이르는 가집을 간행하였고, 1926년부터 『아라라기』를 주재하였다.

단카를 서정시, 생명의 발현으로서 보는 것이 기본 입장으로 환상적, 상징적 표현도 시도한 근대의 대표 가인이다.

· 우리 부모도 처자식과 벗들도 겪었겠구나 마음으로 걱정돼 눈물도 나지 않아.

わが親も妻子も友らも過ぎしと心におもへ涙もいでず

· 조르프 대사5) 무사하다는 보도 한쪽에서는 사망자 오십만 명 넘는다 설명하네.

ゾルフ大使の無事を報ぜるかたはらに死者五十万余と註せる

· 오늘 이후로 어떻게 해야 하나 생각해 봐도 정리가 되지 않네 이 현실속의 나는.

今日ゆ後いかにか為むとおもへどもおもひ定まらむ現身われは

· 나의 온 몸이 비어버린 것처럼 편안해져서6) 도중에 구두약과 성냥을 사서 오네.

体ぢゆうが空になりしごと楽にして途中靴墨とマッチとを買ふ

『편력遍歴』(岩波書店, 1948.4.)

---

5) 1920년부터 대리대사로 와 있다가 1921년 일본의 특명전권대사가 된 빌헬름 조르프(Wilhelm Heinrich Solf, 1862~1936년) 독일 대사로 1928년까지 근무 후 귀국.
6) 독일 유학 중이던 모키치가 가족이 무사하다는 전보를 받은 직후 지은 노래.

10_
사사키 노부쓰나佐佐木信綱

사사키 노부쓰나 (1872.6.3.~1963.12.1.)

가인. 일본문학자. 미에 현三重県 출생.

아버지 히로쓰나弘綱를 이은 일본문학자로도 유명하다. 단카 혁신운동기에 1898년 『마음의 꽃心の花』을 창간하였고, 1903년 첫 가집 『오모이구사思草』를 간행하였으며 이후 도쿄제국대학 강사로 일본 고대 가요와 와카를 강의했다. 특히 『만요슈万葉集』 연구에 공적이 크며 수많은 가인을 육성하였고 1911년 『료진히쇼梁塵秘抄』 발견과 소개로 가인들에게 영향을 끼쳤다.

청신함과 긍정적 인생관이 그 가풍의 특색으로 일컬어지며 평생 300권이 넘는 저작을 남겼다.

「대지진 겁화大震劫火」 중에서

· 생생하게도 천재지변 현상을 보게 되는가 이렇게도 처참한 날을 만날 줄이야.(1일)

　まざまざと天変地異を見るものかかくすさまじき日にあふものか(一日)

· 아비의 지옥 규환의 지옥이라 그림은 보고 말로는 들어봤지 설마 목격하다니.

　阿鼻地獄叫喚地獄画には見つ言には聞きつまさ目にむかふ

· 하늘 담그는 불꽃이 파도치는 가운데에서 핏빛을 드러내는 슬픈 태양이로다.

　天をひたす炎の波のただ中に血の色なせりかなしき太陽

· 하늘 태우는 불꽃의 소용돌이 위에 있으며 고요하기만 한 달빛 슬프기 짝이 없다.(1일 밤)

　空をやくほのおのうづの上にしてしづかなる月のかなしかりけり(一日夜)

· 밤이 샜도다 마당에 모여드는 집안사람들 목숨 붙은 다행에 눈물을 흘리누나.

　夜は明けぬ庭につどへる家びとが命ありし幸に涙おちけり

90

・두려워하며 동트기를 맞이한 아침 내 눈에 들어온 부용꽃이 붉은 것도 슬프다.(2일 아침)

恐ろしみ明しし朝の目にしみて芙蓉の花の赤きもかなし(二日朝)

・이렇게 추운 밤 비 내리는 소리 세상 걱정에 사람들 걱정하는 내 마음 아프구나.

此寒き夜の雨の音世をおもひ人をおもふに吾胸いたし

・아침인 건지 낮인지 불분명한 꿈나라에서 며칠을 지냈구나 지쳐버린 내 마음.

あしたとも昼ともわかず夢の国にいく日を過ぎぬつかれし心

・너무하게도 하늘이 내린 재앙 거대하기에 마음만 아파하고 눈물도 나지 않아.(불탄 자리에 서서)

あまりにも天つ災の大いなる心にいたいて泪もいでず(やけあとに立ちて)

・꿈은 아니지 이런 애통한 마음 이것은 실로 내 앞에 놓여 있는 현실 아니겠는가.

夢にあらず此いたましさこはまさに吾前にある現ならずや

· 틀림이 없게 현실로서 보면서 여전히 이는 악몽 속에 있는 건 아닌가 생각한다.

　まさしくも現にみつゝ猶もこは悪夢の中にありやとおもふ

· 사람 목숨을 따라서 죽고 집을 따라서 죽나 불타서 문드러진 서글픈 나무들아.

　人間の命に殉し家に殉しやけただれたるかなしき樹木

· 실종된 사람 살아서 돌아온 양 수도의 물이 나오게 되었다며 옆 사람에게 전해.

　うせし者帰り来しごと水道の水いでたりとかたへにつどふ

· 먼지와 재가 소용돌이치면서 오르는 속에 씩씩하게 수도가 살아나는 소리 나.

　ちりと灰とうづまきあがる中にして雄々し都の生るゝ声す

『마음의 꽃心の花』(竹柏会, 1923.10.)

11_

시가 미쓰코四賀光子

시가 미쓰코 (1885.4.27.~1976.3.23.)

가인. 교육자. 나가노 현長野県 출생.

도쿄여자사범학교 졸업 후 교편을 잡고, 남편 오타 미즈호太田水穂가 창간한 잡지 『조온潮音』의 편집과 발행에 조력하였다. 초기에는 자연파 가인으로서 부드럽고 솔직한 작풍으로 주목받다 후에는 이념적, 이지적 가풍으로 변화하였으며, 1920년대 후반에는 사회적 소재에 착수하는 등 폭넓은 작풍을 보이고 독자적 상징표현을 개척하였다.

가집에는 『등나무꽃藤の実』(1924), 『하얀 만白き湾』(1957) 등이 있다.

・편안치 않은 생각 속에 깊어진 밤하늘에는 구름에 새빨갛게 비치는 불꽃의 색.

安らかぬ思ひにふくる夜の空の雲にくれなゐにうつる火のいろ

・생각지 않게 우듬지에서 듣는 이슬방울에 두려워하던 마음 다소 누그러졌다.

思ほへず梢を落つる露の玉怖れごころはややしづまりぬ

・삶과 죽음을 눈앞에서 보면서 최근 이틀간 나는 기력이 빠져 아무 일 할 수 없네.

生き死にを眼の前にしてこの二日わがくづをれのなすこともなく

・목숨이 산지 열흘은 지났노라 가을은 이제 하얀 무궁화나무 꽃을 피우는구나.

いのち生きて十日は過ぎぬ秋はやも白き木槿の花咲きにけり

・눈에 익었던 마을인 줄 몰라본 황야로구나 걸어가는 나조차 현실감이 없도다.

見慣れたる町かや知らぬ曠野かやゆく我さへぞうつつなきかな

『조온潮音』(潮音社, 1923.10.)

94

12_

시마키 아카히코島木赤彦

시마키 아카히코 (1876.12.17.~1926.3.27.)

가인. 나가노 현長野県 교육자 가문에서 출생하였다.

사범학교 졸업 후 교직에 있다 1914년 사임하고 상경하여 『아라라기ァララギ』의 편집에 평생을 전념한다. 초기 문학활동은 신체시가 중점이었는데, 마사오카 시키正岡子規의 와카和歌혁신운동에 영향을 받았다.

나카무라 겐키치中村憲吉와 함께 『감자꽃馬鈴薯の花』(1913)을 간행한 후 『정화切火』(1915), 『빙어氷魚』(1920) 등의 가집을 발표하면서 사생에 입각한 자연과 인간이 일체화된 독자적 세계를 구현하였다.

1923년 9월 6일 시타마치下町7) 진재지를 찾아가다

· 멀고 가까운 연기에 하늘까지 흐려진 듯해 닷새를 지나고도 여전히 타오르니.

　遠近の烟に空やにごうらし五日を経つつなほ燃ゆるもの

· 불탄 자리를 밟으면서 사람들 무리가 가네 살아있는 자들도 산 것 같지가 않아.

　焼け跡をふみつつ人の群れゆけり生きたるものも生けりともなし

· 이렇게까지 길가에 누워 있는 사람 시신을 붙들고 한탄을 한 자식들도 없구나.

　かくだにも道べにこやる亡きがらを取りてなげかむ人の子もなし

　　　　니혼바시日本橋 아래쪽 여전히 시신을 거두지 못하다

· 늙은 어머니 수레에 태우고서 끄는 사람의 살아갈 힘도 이제 다한 것으로 보여.

　老母を車にのせてひく人の生きの力も尽きはてて見ゆ

---

7) 토지가 비교적 낮은 지대의 상공업지 마을을 일컬으며 도쿄에서는 아사쿠사浅草, 간다神田, 혼조本所, 후카가와深川 등의 지역을 일컬음. 반대 개념이 야마노테山の手.

· 황거 있는 쪽 잔디에 무리지어 사람 누웠네 이 세상은 어떻게 끝이 나려는 건가.

　大宮の芝生に群れて人臥れりこの世はいかになりはてぬらむ

· 천황 있는 곳 해자로 내려가서 옷 빨아 입는 내 신세조차도 꿈이라 생각하리.

　大君の御濠に下りて衣すすぐ己が身すらを夢と思はむ

· 먼지 자욱한 잔디밭의 위에서 서글프구나 햇빛이 비치는데 사람들 자고 있네.

　埃づく芝生のうへにあはれなり日に照らされて人の眠れる

　　　야마노테山の手8)

· 밤하늘의 달 떠오르는 것 보니 마을의 집들 타지 않고 남아도 켜진 불도 없구나.

　月よみののぼるを見れば家むらは焼けのこりつつともる灯もなし

8) 도쿄에서는 지대가 높은 주택지구로 시타마치에 대비되는 공간. 주 7) 참조.

10월

· 불탄 자리에 서리 내린 것 보니 시간은 흘러 마치 꿈인 것처럼
다 무너져 버렸다.

焼け跡に霜ふるころとないにけり心に沁みて澄む空のいろ

다카다 나미키치高田浪吉 스미다 강隅田川에 들어가 겨우 위난
을 면했다. 어머니와 여동생 셋은 결국 행방불명되었다.

· 현실의 세상 덧없기도 하구나 타오르는 불 화염 속에 있으며
그 모습 지켜보니.

現し世ははかなきものか燃ゆる火の火なかにありて相見けりちふ

· 불길 속에서 어머니와 여동생 잃어버리고 있었다는 것인가 바
로 그 불길 속에.

火の中に母と妹を失ひてありけむものかその火のなかに

· 이런 나조차 어찌 할 바 없는데 불길 속에서 어머니와 여동생
두었다 생각하니.

おのれさへ術なきものを火の中に母と妹をおきて思ひし

98

다카다 나미키치 일가 임시 오두막을 짓다.

・어제와 오늘 임시로 된 거처에 들어가 살며 적적하겠지 죽은
가족들의 수만큼.

きのふけふ仮家のうちに住みつきて寂しくあらむ亡き人のかず

『아라라기ｱﾗﾗｷﾞ』(アララギ発行所, 1924.2.)

13_

다카다 나미키치高田浪吉

다카다 나미키치 (1898.5.27.~1962.9.19.)

가인. 도쿄 출생으로 1916년 『아라라기アララギ』에 입회하여 시마키 아카히코島木赤彦에게 사사하였다.

여기에서 보이듯 간토대지진 때 모친과 여동생들을 잃은 것과 관련한 단카로 크게 주목을 받았으며 이후 잡지 발행소에서 1930년까지 기거했다.

평명한 사생의 가풍을 이은 『강 파도川波』(1929), 『모래사장砂浜』(1932), 『제방堤防』(1936) 등의 가집이 있으며 스승 아카히코에 경도된 가풍을 유지하였다.

1923년 9월 1일

· 많은 사람들 어찌 할 바 모른 채 건너서 가는 다리의 위에서 본 불길 타오르누나.

人々のせむすべ知らに渡りゆく橋の上より火は燃ゆるなり

· 어머니시여 불길 속에 계시며 병들은 딸을 돌보기 어려워서 같이 돌아가셨나.

母うへよ火なかにありて病める娘をいたはりかねてともに死にけむ

· 사람들 소리 이제 끊어졌구나 집을 태우고 이는 화염 속에서 해는 저물어가고.

人ごゑも絶えはてにけり家焼くる炎のなかに日は沈みつつ

· 아직은 어린 나의 누이여 울며 불타오르는 화염 속에서 홀로 헤매이고 있는가.

いとけなき妹よ泣きて燃えあがる火なかに一人さまよひにけむ

· 보이는 것은 모조리 불이로다 강가에 앉아 새벽 기다리기 힘든 나의 마음이구나.

目に見ゆるものみな火なり川にゐて暁まちかぬるわがこころかな

· 길가에 아직 불길은 남아 있고 아침 동틀녘 무엇에 매달릴까 사람의 마음이여.

道のべに火は残りをり朝ぼらけなににすがらむ人のこころよ

　　　　피복창 자리에서
· 불탄 들판에 겹치고 겹쳐 죽은 사람들 보고 울며 슬퍼하려도 목소리도 안 나와.

焼原に重なり死ねる人を見て泣き悲しまむ声も起らず

· 믿을 곳 없는 이 세상 모습이다 수많은 사람 시신을 타넘으며 가족을 찾는 것도.

たのめなきこの世のさまや人々の亡がら越えてやから探すも

· 불에 타 죽어 사람의 형상조차 알 수 없어도 나의 누이들인가 어머니인가 싶어.

焼け死にて人のかたちはわからねど妹どちか母かと思ふ

· 아내 자식과 비슷한 모습이라 생각해선가 어떤 아버지 손수 물을 붓고 있구나.

妻や子に似たるすがたと思へばか父は手づから水をそそぎぬ

지진 재해 후 며칠을 경과하고

·가을이 가며 오늘 내리는 비에 어머님이나 내 누이들 빗물에
흠뻑 젖어 있겠지.

秋さりてけふふる雨に母上や妹どちはしとどなるべし

·내 어머니와 여동생들의 시신 있는 곳조차 결국은 알지 못해
불타버린 거겠지.

母上や妹のむくろのありどさへつひにわからず焼れたるらし

·온갖 수많은 사람들 죽어가는 그 시간들을 머나먼 세상처럼 여
기게 되는구나.

数々の人死にゆける時の間を遠世の如く思ほゆるかな

죽은 누이를 그리워하다

·앞을 오가는 사람들의 사이에 뒤섞여 있는 내 누이의 모습을
보게 될 것만 같다.

行きかよふ人らのなかにまじらひて妹の姿見えてくるらし

『아라라기アララギ』(アララギ発行所, 1924.2.)

14_

쓰키지 후지코築地藤子

쓰키지 후지코 (1896.9.2.~1993.6.6.)
가인. 가나가와 현神奈川県 출생.
1915년 『아라라기アララギ』에 입회하여 시마키 아카히코島木
赤彦, 사이토 모키치斎藤茂吉에게 사사하였다.
1918년 결혼 후 남편을 따라 보르네오, 싱가폴 등에 살게
되고 싱가폴에서 후에 시인이 되는 아들 벳쇼 나오키別所直樹를
출산하였으며 '만주'의 신징新京으로 이주했다가 1921년에 일
본으로 귀국하였다.
그녀의 가집 『야자잎椰子の葉』(1931)에는 동남아시아 정서
가 담긴 단카의 특색이 드러난다.

9월 1일 요코하마橫浜의 우리집에서

·지진 속에서 잠들어 있는 아이 안아 올리고 걸으려 하였더니 집이 무너졌도다.

地震のなかに眠り居る子を抱き上げ歩むとすれば家はくづれつ

·귀 기울이니 이렇게 조용한가 양쪽 어깨에 걸쳐 있는 기둥을 어찌 치워야 하나.

耳すませば此静けさや両肩に掛る柱をいかでか退けむ

·숨이 막히는 벽 바른 흙 속에서 숨을 참으며 아직 잠에서 안 깬 내 아이 지탱하네.

むせばしき壁土の中に息こらへ猶覚めずゐる吾子をささへつ

·지붕 아래의 빛 있는 쪽 향하여 나아가려고 무릎을 움직이니 아이 울기 시작해.

屋根の下の光ある方へ出でなむと膝を動かすに子は泣き出でぬ

·옆집 사람이 내 이름을 부르는 소리가 들려 나는 이렇게 목숨 구하게 되는 걸까.

隣人のわが名を呼ばふ声聞ゆ我は命を助かるべきか

· 기어 나와서 보니 눈앞의 광경 편평하구나 보이는 모든 곳의 집들은 무너졌네.

　　這ひ出でて見れば目の前は平らなり見ゆるかぎりの家は壊れつ

· 아직 지진이 남은 풀밭 위에서 양손을 짚고 살려줘 고맙다고 감사 인사를 한다.

　　なほ揺るる草原の上に両手つき有難しと御礼申す

· 쓰나미 온다 순식간에 전하는 목소리 들려 이제 와서 또 다시 무엇을 놀라겠나.

　　つなみ来とたちまち伝ふる声ぞする今はた何を驚くべしや

· 산 위쪽으로 도망을 치는 나는 아이를 업고 뒤돌아 내려보니 집들은 이미 불길.

　　山の上へ逃るる我は子を背負へりかへり見すれば家はすでに火なり

　　　혼모쿠本牧 덴토쿠지天徳寺의 언덕 위로 도망가 1일 저녁
　　　까지 있었다
· 하늘을 덮은 연기 속에 하얗게 보인 비둘기 춤추듯 올라갔다 또 춤추듯 떨어져.

　　空おほふ煙の中を白々と鳩舞ひ上りまたまひ落つる

106

일찍감치 사람들은 집에 돌아가 밥 같은 것을 가지고 왔다. 우리는 아직 점심도 먹지 못했으므로

· 생전 처음 본 사람이 밥을 먹는 앞으로 가서 내 아이 좀 주시오 고개를 수그렸네.

見ず知らぬ人が飯食む即ち行き吾子に給へと頭を下げつ

저녁에 산을 내려와 어머니, 남동생과 함께 풀밭 위로 문판자를 가지고 가서 비와 이슬을 피했다

· 풀밭의 위에 위태롭게 서 있는 임시 거처에 누워 뒤척이다가 내는 기침의 소리.

草原に危く立てるかり小舍に寢ねがてにするしはぶきの声

· 지나쳐가며 오두막에 뭔가 묻는 소리 들으니 밤 깊었는데 아직 가족 찾고 있구나.

行きづりに小舍に言問ふ声聞きけば夜更けてなほも家族尋ねる

· 풀 위에 세운 임시 거처에 내린 가을비에는 어린 아이들조차 풀이 죽어 있구나.

草の上のかり小舍に降る秋の雨幼き子らもわびしげに居り

· 비가 내리니 집에 돌아가자며 우는 아이를 달래기 어려워서 모두 말 없이 있네.

　　雨ふれば家に帰らなと泣く子をばなぐさめかねて皆黙しゐる

· 알든 모르든 사람들도 한탄을 같이 하누나 깨끗한 물 푸면서 서로 양보를 하고.

　　知る知らぬ人も嘆きを共にせり清水汲みつつ相ゆづるなり

간신히 도쿄로 피해왔다. 11일째다
· 오늘 아침에 창가 부는 바람도 가을다워져 얇은 홑옷 소매가 마음 놓이지 않네.

　　此朝(あした)吹く風も秋めきて単衣の袖の心もとなき

선생님9)을 비롯해 뜻밖의 동정을 보여주시니 감사하는 마음에 겨워
· 알든 모르든 사람이 품은 정은 광대하구나 하찮게 여길 수는 없는 생명일지니.

　　知る知らぬ人の情けのあまねきにかりそめならぬ生命なりけり

---

9) 당시 『아라라기アララギ』의 중심을 이룬 시마키 아카히코

・다행스럽게 살아난 이내몸을 가련히 여긴 사람들의 온정을 예
전에 알았던가.

幸ありて生きし此身を憐れます人の情けをかねて思へや

　　　　　풀 위에서
・길을 지나는 사람이 지고 있는 토란줄기도 부럽다며 보았네 나
도 모르게 그만.

道を行く人がになへるずゐきすら羨しとぞ見し我としもなく

・아직은 가는 파란 파의 다발을 안고 들어온 남동생 둘러싸고
서로 기뻐하누나.

まだ細き青葱の束をかかへ来て弟かこみ喜びあふも

・산자락 밭을 주우며 다니다가 낮이 지났네 지쳐서 돌아오는 남
동생 가엽구나.

山畑をあさり歩みて昼すぎぬ疲れかへりし弟あはれ

・큰 것 작은 것 열 줄기 정도 있는 꼬투리콩을 진미라고 말하며
어머니께 드린다.

大き小さき十ばかりあるさや豆を珍味と言ひて母にまゐらす

·꽤 오래 지난 가지절임마저도 감사하구나 사람들 베푼 정을 생
각하며 먹는다.

　古りにける茄子の漬ものありがたし人のなさけを思ひて食すも

　　　　　　남편과 아이 돌아오지 않고
·뒤척거리며 밤하늘을 보다가 시간 지났다 기도해야 할 신도 없
다고 생각할까.

　いねがてに夜ぞら仰ぎて時立ちぬ祈るべき神もなしと思はむ

·말도 안 하고 서서 일을 하였네 지금에라도 사랑하는 내 자식
오는 발소리 날까.

　言葉なく立ち働けり今もかも愛し子かへる足音のせむ

·정말로 신은 계시는 것이었네 예쁜 내 자식 진흙조차 안 묻고
돌아오게 됐으니.

　まこと神は在しましけり愛し子は泥にもまみれずかへりこしはや

·연고도 없는 나에게 호소하며 거듭 말하는 남편을 잃어버린 어
떤 아내로구나.

　ゆかりなき吾に訴へて繰り言す夫失ひし人の妻はや

임시 거처

· 잠에서 깨니 비가 새고 있구나 잠들은 아이 덮은 이불의 위로
뚝뚝 떨어지면서.

目覚むれは雨はもり居り寝ねし子の蒲団の上にしたたりにつつ

· 불탄 자리에 늘어서 있는 표찰 아아 슬퍼라 생사를 알 수 없는
어린 아이들 많아.

焼あとに立ちならぶ札はあな悲し生死不明の幼子多き

· 기댈 곳 없는 분노가 치미누나 시나가와品川는 집들도 나란하
고 사람들 화장도 해.

よるべなき憤しさよ品川は家並正しく人化粧らひたり

『아라라기アララギ』(アララギ発行所, 1924.2.)

111

15_

쓰보우치 쇼요坪内逍遥

쓰보우치 쇼요 (1859.6.22.~1935.2.28.)

지금의 기후 현岐阜県인 미노美濃 지역에서 태어난 소설가이
자 극작가, 평론가, 번역가, 교육가.

도쿄대학을 졸업하고 도쿄전문학교(지금의 와세다早稲田대
학)의 강사를 거쳐 교수가 되었다.

1885년 평론 「소설신수小説神髄」와 소설 「당세 서생기질当世
書生気質」을 발표하여 근대적 사실주의문학을 주창하고 1891년
『와세다 문학早稲田文学』을 창간했다. 한편으로 일본 연극의 개
량과 셰익스피어 전작품을 완역한 공로도 있다.

・노아 세상도 이렇기야 했을까 미친 듯 거친 불길의 바다 속에 모든 것 사라지네.

ノアの世もかくやありけむ荒れくるふ火の海のうちに物みなほろびぬ

・거대한 지진에 큰 불길 타오르며 몇 대에 걸쳐 사람이 이룬 것들 흔적조차 없구나.

大なゐゆり大き火もえて幾代々の人の力の跡かたもなき

・주춧돌부터 다시 쌓아올리면 지진이 흔든다 사람이 이룬 것을 사람들의 마음을.

いしずゑゆ築きなほすとなゐやゆりし人のしわざを人の心を

　　　　　　장서 일체를 와세다早稲田 대학 도서관에 기증한다고 하고
・어줍지 않은 마음의 양식일랑 끊어버려야 진정한 나는 인생 살아갈 수 있으리.

なまじひの心の糧を絶ちてこそまことの我は生くべかりけれ

·나의 마음은 얇은 홑겹이 되어 속절도 없이 와카和歌10)의 성인 군자 자취를 그리노라.

わが心一重となりてすゞろにも歌のひじりの跡し偲ばゆ

9월 24일 밤 온도가 갑자기 화씨 60도 이하로 떨어지고
바람의 여파를 받은 호우가 밤새도록 세차게 내리니
·악마 같은 신 저주의 목소린가 큰소리 내며 불타버린 마을을 휘젓는 밤의 폭풍.

魔の神の呪ひの声かおらびつゝ焼跡の町を荒るゝ夜あらし

·빗물이 새는 소리를 들으면서 잠들지 못해 집이 없는 사람의 설움을 생각한다.

雨漏りの音聞きつゝもいねがてに家なき人の憂をぞおもふ

『마음의 꽃心の花』(竹柏会, 1923.12.)

---

10) 8세기 이전부터 지금까지 이어지는 일본 고전 시가로 단카도 포함한 개념.

16_

도키 젠마로土岐善麿

도키 젠마로 (1885.6.8.~1980.4.15.)

가인. 도쿄 아사쿠사浅草 출생.

1904년 와세다대학 영문과에 입학하였고, 졸업 후에는 요미우리読売 신문사에 기자로 입사했으며, 이시카와 다쿠보쿠石川啄木와 조우하였다. 1918년에는 다시 도쿄아사히東京朝日 신문사에 입사하고 1924년『닛코日光』창간에 참가하고, 1936년 대일본가인협회의 창립에 관여하여 활동하나 시국 비판의 작풍으로 해산했다.

가집『울기 웃기NAKIWARAI』(1910)는 로마자 표기로 명쾌한 구어문법을 지향하고 다쿠보쿠와 생활의 단카, 사회의 단카의 기초를 확립하였다.

「지상 백수地上白首」 중에서

· 이 대지 위에 나는 설 수 있다고 믿었었는데 서 있지도 못하네
흔들려 무너지니.

　この大地にわれは立てりとぞたのめしに立ちもあへぬか揺りくづれつつ

· 그 눈동자는 부모의 모습에서 안 떨어지려 딱 붙어 올려보는
가여운 아이들 눈.

　そのひとみ親のすがたをはなたじとひた寄り仰ぐあはれ子らの眼

· 자기 키보다 더 커다란 이불을 끌어안고는 바짝 다가온 애들
목덜미 안아준다.

　背丈にしあまる蒲団をかひばさみより添ふ子らのうなじを抱く

· 처자식 손을 서둘러 끌고 가고 병든 어머니 등에 업고 가면서
헤어지지 않으려.

　妻子の手をひき急ぐ、病む母を背に負ひゆくにはぐれじとしつつ

· 어느 곳으로 운반해 가야하나 이 화염 속에 다 불타버리고 말
가재도구 버렸다.

　いづくへ運びかゆかめこの焔に焼かれはつべき家財をすてつ

116

・멀리 가까이 불길이 이제 온통 가득하구나 어디로 갈 것인가 이 사통팔달 길에.

遠くに近くに焔はいまはいちめんなりいづくに行くかこの八衢を

・올려다보는 하늘 한 면에 온통 술렁거리며 불길이 기우는 곳 내 몸은 그 바로 밑.

ふり仰ぐ空いちめんにどよめきつつ焔かたむき身は真下なる

・우리 사는 집 행여나 타지 않고 남아 있을까 미소를 나누면서 밤은 밝아가누나.

われらが家あるひは焼けずのこるかとゑみかはしつも夜のあけゆくに

・도망쳐 와서 이슬 위에 누워도 대지의 바닥 흔들려 올라오고 진동 아직 안 멈춰.

逃れ来て露にひれ伏す大地の底ゆりあげて揺りやまずいまだ

・이슬 잔디에 마치 해골과 같이 쓰려져서는 신음하는 노파를 구해줄 방법 없네.

露芝にむくろのごとくうち倒れあえぐ嫗を助くるすべなし

117

・계속 동요한 드넓은 대지 위의 한 장소에서 목숨을 내맡기고 꼼짝도 하지 않아.

　　ゆりやまぬ大地のうへのひとところいのちあづけて身動ぎをせず

・이렇게 살며 사람의 힘이란 걸 의심할 바 없이 얼마나 미약한 가 생각 이르렀으니.

　　斯く生きて人のちからを疑はずにいかにちさしと思ひ倒れば

・무너진 집의 지붕 밟고 넘어가 살아 있는 듯한 시신을 운반하는 어깨에 손 받친다.

　　つぶれやの屋根ふみ越えてなまなましなきがら運ぶ肩に手にささへ

・제 품에 안은 손주 안 죽게 하려다 죽은 거겠지 무게가 더해지는 무너진 집 아래에.

　　かい抱き孫は死なせじと死にましけむおもみ加はるつぶれやの下に

118

아카바네바시赤羽橋 신코인心光院11)에 피난, 유언비어 빈
번히 전해지다

· 소곤소곤히 누군가에게 배운 암호의 말을 새벽녘 어둠 속에 직
접 말하는 나는.

ひそひそとをしへられたるあひことば暁闇におり立つわれは

· 누구십니까 부르니 어둠 깊이 다가온 노승 얼굴 들어밀고서 빵
을 건네주었다.

誰ぞと呼べば闇深く近よる老僧、顔さしよせてパンくれにけり

· 갑자기 뚝, 소란 조용해지고 다리 저 편에, 그 쫓기던 사람은
죽임을 당했겠지.

ひたと、さわぎ静まる橋のかなた、かの追はれしは殺されにけむ

· 양 기슭에서 그저 던지고 던진 돌팔매질 아래 가라앉은 남자는
결국 떠오르지 않고.

両岸よりひた投げに投ぐる礫のした沈みし男遂に浮び来ず

---

11) 도쿄 미나토 구港区에 있는 정토종浄土宗 사찰.

119

·본당 앞쪽의 쓰러진 기둥 위에 걸터앉아서 지금은 집이 없다 생각하는 가련함.

本堂のたほれ柱に腰すゑていまは家なしとおもふいとしさ

·모두 손들을 둥그렇게 맞잡고 현미로 만든 밥을 받아먹누나 황송한 마음으로.

諸の手をまろらにあはせくろごめの飯をいただく心かしこみて

·마당 구석에 아내 쭈그려 앉아 흙 위의 냄비 현미로 밥을 짓는 아침 벌써 덥구나.

庭隅に妻はかがまりつちの鍋くろごめを炊く朝はや暑し

·신음하면서 도망을 치던 도중 염천하에서 물을 주었던 아이 잊을 수가 없노라.

あへぎつつ逃るる路の炎天に水くれし子を忘るるなかれ

　　　　피복창 자리
·겹겹이 쌓인 시신들의 아래에 소리도 없이 눈 뜨고 있는 사람 생명도 가엽구나.

折りかさなるむくろの下にひそやかに眼をあけにけむ人のいのちあはれ

· 회오리바람 불길에 숨이 막혀 지금도 벌써 쓰러지고 있구나 한 사람 또 한 사람.

つむじ風焔にむせて今ははや倒れたりけむひとりまたひとり

· 길가에 있는 도랑의 안쪽에는 드러난 해골 거뭇거뭇 불타서 사람들 차마 못봐.

路ばたの溝のなかなるされかうべ黒黒と焦げて人顧みず

· 불에 탄 들판 푹 들어간 웅덩이 밟아 넘으며 위태롭게 밟았네 해골들의 더미를.

焼はらの窪みの湿りふみ越えてあやふく踏めり骨の堆みを

· 던져 넣는가 멍석 위의 사체는 공중제비 돌고 곧바로 사라진다 붉은 화염속으로.

投げ込むや筵のかばねもんそり打ちすなはちあらず焔のなかに

· 태우다 태우다 아직 태우지 못한 사람 시신을 운반해 오는구나 불탄 들판 저쪽은.

焼きやきていまだ焼かれぬなき骸を運びくるかも焼原のかなた

『개조改造』(改造社, 1924.3.)

121

17_

나카무라 겐키치中村憲吉

나카무라 겐키치 (1889.1.25.～1934.5.5.)

가인. 히로시마 현広島県 출생.

1909년 이토 사치오伊藤左千夫 문하에 입문하고 이듬해 도쿄
제국대학에 입학하였다. 1921년 오사카마이니치大阪毎日 신문
사에 기자로 입사하여 경제면을 담당하였다. 이 기자 시절의
간토대지진 관련 단카는 특색을 드러내지만, 1926년 가업을
잇기 위해 신문사를 퇴직한다.

학생시절부터 가까이 지내던 『아라라기アララギ』 동인들에게
항상 물적, 심적 지원을 아끼지 않았다. 『임천집林泉集』(1916),
『울짱しがらみ』(1924) 등의 가집이 있으며 풍토와 지역에 뿌리
내린 중후한 작풍으로 평가받는다.

9월 1일에는 정오 가까운 시각 오사카大阪에서도 미진을 느꼈는데, 그것이 간토関東 지역에 유사 이래의 대참사를 일으킨 것이라고는 아무도 상상하지 못했다. 그저 한 때 제국의 수도로 통하는 모든 통신기관이 작동하지 않았으므로 사람들은 어떻게 된 것인지 몹시 이상하게 여길 뿐이었다. 그러나 밤에 들어서도 제국의 수도는 여전히 국내에 그 소식을 전하지 않으므로 이때가 되어서야 비로소 사람들은 불안한 생각에 몰리기에 이르렀다

· 하늘의 바람 밤으로 드는 바람 이어 불어도 도읍에 관한 소식 알리는 소리 없다.

み空かぜ夜に入るかぜは吹きつげど都のことをもたらす声なし

· 심상치 않은 도읍 상황이겠지 하늘로 통하는 무선전화조차도 말 전하지 않으니.

尋常ならぬ都にかあらむ天にかよふ無線電話も言かよはなく

· 이미 들으니 후지산 지대에는 지진이 일고 땅 갈라져 김을 뿜어낸다 하더라.

すでに聞けば富士山帯に地震おこり土裂けて湯気を噴きてありてふ

· 나라가 온통 전화를 불러대도 멸망했는가 대도읍인 도쿄는 적
막하게 있구나.

国こぞり電話を呼べど亡びたりや大東京の静かにありぬ

· 칠흙과 같은 어둠에 들어서도 답하지 않는 수도에는 사람들 과
연 살아있는가.

ぬばたまの夜に入れども応へざる都は人のはた生きてありや

깊은 밤이 되어서야 비로소 기슈紀州12) 시오노미사키潮岬
무선전화국에서 '대지진 맹화재, 요코하마 전멸, 도쿄 괴
멸 염상炎上중'이라고 모골이 송연할 정보가 그저 한 마
디 들어왔는데, 그것도 툭 끊기고 그 뒤로는 원래대로의
깊은 적막한 세상으로 되돌아갔다

· 나라의 목숨 아직은 어딘가에 지켜지겠지 도읍의 상황 소식 깊
은 밤에 들리다.

国のいのちいまだ何処かに保ちたらし都のたより夜ぶかくきこゆ

· 밤이 깊어진 하늘 어딘가에서 오고가겠지 세상을 놀라게 할 그
저 한 마디 소식.

夜の更くる空のいづこゆかよひけむ世を驚かしただのひと言

---

12) 와카야마 현和歌山県 전체 지역과 미에 현三重県 남부 일대를 이르는 옛 지역.

・먼 세상에서 희미한 말소리를 듣는 듯하다 두려운 그 소식에 귀를 의심하노라.

遠世よりかすかなる言を聞くごとし恐しきこゑに耳をうたがふ

・해 뜨는 일본 어두운 밤 왔구나 오늘로써 이 나라의 도읍지 사라져 버렸노라.

日の本に暗き夜きたり今日をもちて国のみやこは亡くなりにけり

9월 2일 이른 아침, 신문사에 도착하니 어느 새 단편적이기는 하지만 모두 비극적이기 짝이 없는 대지진의 정보가 도착해 있었다

・어젯밤 사이 바위 틈의 물처럼 뚝뚝 고이는 재앙과 화난 소식 모두 너무 두려워.

昨夜の間に岩みづのごと滴りたまれる災禍のしらせ皆おそろしき

매일매일의 신문기사는 대지진, 인간의 무참함의 극한을 보도하기에 여념 없는데 읽기에 견디기 어려운 것들뿐이다

・오늘도 다시 햇볕은 뜨겁구나 타버린 땅의 도읍에서 사람들 그늘도 없을텐데.

今日もまた日照りはあつし焼けつちの都にひとら蔭無みにあらむ

· 매일 아침의 길에서 이슬 맞는 닭의장풀아 고맙게도 살아 있는 나를 보는 듯하다.

朝あさの道に露けき鴨跖草やありがたく生くる我を思ふも

『개조改造』(改造社, 1924.3.)

18_

히라후쿠 햐쿠스이平福百穗

히라후쿠 햐쿠스이 (1877.12.28.~1933.10.30.)

화가이자 가인. 아키타 현秋田県 출생.

화가였던 아버지의 영향으로 도쿄미술학교에서 일본화를 전공하고 졸업한다. 가인歌人들과 만나게 되어 1909년부터 『아라라기アララギ』에 단카를 발표하고 차차 가집의 표지, 장정 등을 담당하게 되었으며, 특별히 나카무라 겐키치中村憲吉와 친밀했고, 『아라라기』의 운영이나 정신적 면에서도 동인들에게 의지가 되는 존재가 되었다.

가집에 『한죽寒竹』(1927)이 있으며 수필과 미술서도 남겼다.

1923년 9월 1일 대지진, 우에노 공원上野公園에서

· 지진이 일으킨 흙먼지 연기 피는 시가지 동네 그저 이상하게도 고요함과 닮았다.

　地震のむた土煙りせる下街はただにあやしく静けきに似たり

· 몇몇 줄기로 역으로 모여들며 궤도의 위를 달리던 것들 지금 모두 멈춰버렸네.

　いく条か駅にあつまる軌道の上はしるものいまはみな止りたる

· 육박해오는 화염들을 피해서 마구 몰리는 이 엄청난 인파여 집도 없는 거겠지.

　おし迫る炎をのがれなだれ寄するこの人浪よ家あらざらむ

　야마노테山の手 연선

· 이상하구나 멈추어 서서 보니 불타오르는 화염의 무리 위로 달이 뜨려고 한다.

　あやしくも立ちとまり見る燃えさかる炎むらの中に月のぼらむとす

초라한 내 집에 돌아오니 밤이 깊었다

· 가족들 모두 아무 탈 없이 나를 기다렸구나 아이들도 잠깨어 기뻐하는 듯하다.

家族みな恙なくして吾を待てり子らもめざめて喜ぶに似たり

· 계속 흔들리는 지진이 두려워서 마당에 나와 주먹밥 먹어가며 하룻밤을 지냈네.

ゆりかへすなゐを怖るる庭の上に握飯食うべて一夜あかせり

· 소란스러운 소문은 일어나고 오늘밤에도 이틀 밤 연이어서 화염 이는 것 보여.

騒がしき噂さは起る今宵なほ二夜にかけて炎むら立ち見ゆ

지진 후 열흘을 지났다

· 어슴프레한 촛불 빛 아래에서 이런 밤 시간 마음이 가라앉아 저녁밥을 먹는다.

ほのぐらき蝋燭の灯にこの夜ごろ心落ちゐて夕餉とるなり

요코하마橫浜

· 어쩌다 가끔 지나치는 거리의 불탄 흔적이 점점 쓸쓸해지고 날
짜는 지나가네.

たまたまに過ぎつる街の焼あとのいよよ淋しく月日経にけり

다카다 나미키치高田浪吉를 생각하다

· 커다란 강물 끼고 소용돌이친 불길 속에서 목숨을 부지하며 하
룻밤 있었겠지.

大河をはさみうづまく火中にし生命たもちて一夜ありけむ

『아라라기ァララギ』(アララギ発行所, 1924.2.)

130

19_

후지사와 후루미藤沢古実

후지사와 후루미 (1897.2.28.~1967.3.15.)

가인. 나가노 현長野県 출생.

도쿄미술학교 조각과를 졸업하고 1914년 상경하여 시마키 아카히코島木赤彦에게 사사하였으며『아라라기アララギ』의 편집에 조력하였다. 아카히코 사후에는 그 후계자로 간주되나 1928년 모델 여성과의 야반도주가 구설수에 올라『아라라기』로부터 추방된다.

추방 전의 가집에『구니하라国原』(1927)가 있고, 가집 전집의 편집 등의 일을 하다『국토国土』라는 단카 잡지를 창간 간행하였다.

· 계속 울리는 지진 잦기도 하다 풀 자란 들판 연약하게 깃드는 벌레소리 서글퍼.

鳴きつぐやなゐしきりなる草原にほそぼそこもる虫ごゑあはれ

9월 2일 밤 오카 후모토岡麓 씨 저택 타버리다

· 가까이 이는 불꽃이 낸 소리에 아주 먼 과거 귀하게 여겨진 것 타서 없어지려 해.

燃えせまるほのほの音にいにしへのたふときものし焼けうせんとす

· 어제의 화재 면했던 집이라도 오늘은 없다 그을린 채 서 있는 마당 소나무 모습.

昨日の火にのがれし家も今朝はなし焼け焦げて立つ庭松のかげ

9월 4일 혼조本所에 사는 나미키치를 걱정하여 가다 도중에 센소지浅草寺13)에서 두 수

· 불탄 자리의 항간에서 멀리도 걸어오다가 절절히 우러르는 아사쿠사浅草의 불당.

焼け跡のちまたを遠く歩み来てしみじみあふぐ浅草のみ堂

---

13) 아사쿠사浅草에 위치한 도쿄에서 가장 오래된 성관음종聖観音宗 사찰. 간토대지진 때 이 지역은 대부분이 화재 피해를 입었으나 센소지는 피난민들의 협력의 의해 경내에 일부 피해만 입음.

・온갖 것들이 모조리 타 없어진 한가운데에 여전히 그대로 계신 성聖관세음보살님.

  ことごとく焼け亡びたる只だなかになほいましたまふ観世音菩薩

・눈에 보이는 것은 모조리 불타 버린 것들뿐 시신들이 떠오른 커다란 강물 표면.

  目にふるるものみな焼けしものばかりしかばね浮ぶ大河のおもて

・길마다 가득 사람의 시신들이 무수하구나 회향하는 목소리 끊임없이 들려와.

  道々の人のしかばね数しれず回向の声を絶たず来にけり

          간다 묘진神田明神14) 불타버린 자리의 광경
・거대한 수도 보이는 곳은 전부 불타버리고 저녁이 되었지만 불빛조차 없구나.

  大き都みわたす限り焼け亡びて夕べとなれど灯影さへなし

---

14) 도쿄 지요다 구千代田区에 위치한 8세기에 창사된 간다 신사神田神社를 말함. 묘진은 신의 존칭.

· 거대한 지진 동요에 그저 몸을 맡겼을 때에 고맙기도 했노라 묘진이 보였으니.

大なゐの震れにまかせてありしとき有難きかなや君が見えこし

9월 6일 아침 나미키치浪吉15)가 보이다
· 서로 만나서 꿈이런가 여기는 눈에는 눈물 화염 속에 그래도 살아서 왔노라니.

あひ逢ひて夢かとおもふ目はなみだ炎の中になほ生きてこし

나미키치의 어머니 여동생 세 명 행방불명되다
· 부모 자식도 화염 속에서 서로 생이별 하니 너무도 슬프구나 행방조차 모르고.

親も子も炎のなかの生き別れかなしきかなや行方しれずも

· 아아 슬프다 불길 오르는 속에 헤어져버린 가족을 찾는다고 오늘도 나서다니.

あなあはれ火の中にして別れにしうからさがすと今日も行きにけり

---

15) 앞서 나온 가인 다카다 나미키치高田浪吉를 말함.

후지코藤子16)씨 무탈하게 피난소를 찾아가서
· 저무는 태양 그 빛이 스며드는 땅이 밝아져 가까스로 구원된
목숨이라 여기네.

入つ日の光しみつく土明り救はれたりし命なりけり

· 가을은 이미 겨울비 재촉하니 아이들 밤에 추울 것 걱정하는
말들이 슬프구나.

秋すでに時雨ぞしげし子どもらの夜びえおそるる言のかなしさ

나미키치가 발행소로 피난하여 기거를 함께 하다
· 겨울 가까운 추위라고 여기고 둘이 있으며 마음 차분해지는 밤
마다 내리는 비.

冬ちかき寒さとおもへ二人ゐて心しづまる夜々の雨かも

여러 노래들
· 믿어야 하는 땅이 끊일새 없이 흔들리므로 살 곳도 모르겠고
모두 한숨만 짓네.

たよるべき土たえまなく揺さぶれば住処も知らずみな歎くなり

---

16) 앞서 나온 가인 쓰키지 후지코築地藤子를 일컬음.

・차례차례로 도착하는 소식에 친구들 마음 고맙게 여기면서 살
게 되는 요즈음.

つぎつぎにとどく便りよ友どちの心ありがたく生くるこの頃

지진 후 감상
・나도 모르게 내 몸 아끼게 되네 폐허 돼 버린 땅에서 계속 우
는 귀뚜라미의 소리.

おのづから身のいとしさや荒れ果てし土になきつぐこほろぎの声

간다 묘진 불탄 자리에서
・그을린 채로 서 있는 큰 은행나무 싹은 안 나고 멧새는 울어대
며 가을 저물려 한다.

焼け立てる大き銀杏の芽を吹かず頬白なきて秋暮れんとす

『아라라기アララギ』(アララギ発行所, 1924.2.)

20_

요사노 아키코与謝野晶子

요사노 아키코 (1878.12.7.~1942.5.29.)

시인이자 가인. 오사카大阪 사카이堺 출신.

어릴 적부터 한시나 고전, 근대문학을 공부하다 1896년 무렵부터 단카를 조금씩 발표하였다.

1900년 『묘조明星』가 창간되자 매월 작품을 투고하다 도쿄의 요사노 뎃칸与謝野鉄幹을 찾아가 『흐트러진 머리みだれ髪』(1901)를 발표하여 큰 파문을 일으키고 뎃칸과 결혼한다. 열두 명의 자식들을 키우며 시가집을 스무 권 넘게 간행하였고 고전문학의 현대어역 작업도 병행하였다. 대담한 단카 작풍과 정열의 가인으로 명성이 높았으며 만년에는 애상적이고 깊은 내향성을 보이게 된다.

「천변지동天変地動」 중에서

・세상의 모든 것들을 마음에서 긁어 없애는 천재지변 일어난 하
필 이때를 만나.

　もろもろのもの心より掻き消さる天変うごくこの時に遭ひ

・천지 무너져 생명 애석해 하는 마음조차도 지금은 잠시 동안
완전히 잊어야 해.

　天地崩ゆ生命を惜む心だに今しばしにて忘れはつべき

・생명이란 걸 다시 없이 아깝다 강요하듯이 나도 그리 여기라
땅이 흔들리는 때.

　生命をばまたなく惜しと押しつけにわれも思へと地の揺らぐ時

・쉴 새도 없이 지진이 일고 가을 밝은 달빛에 아아 타오르는가
도쿄의 시가지는.

　休みなく地震して秋の月明にあはれ燃ゆるか東京の街

・불타오르는 세 방향의 불길과 마음에 품은 내 것에 대한 두려
움 소용돌이치누나.

　燃え立ちし三方の火と心なるわがもの恐れ渦巻くと知る

138

·여전히 지진 흔들리니 항간을 달리는 사람 결국 살았을 거라 여겨지지도 않네.

　なほも地震揺ればちまたを走る人生き遂げぬなど思へるもなし

『다이쇼 대지진 대화재大正大震災大火災』(講談社, 1923.10.)

「병상에서病床にて」 중에서

·불에 타버린 간다神田에 남아 있는 병원 안에서 아주 불가사의 한 아침 동이 틀 무렵.

　焼跡の神田の町の病院のいと不思議なる朝ぼらけかな

·병원으로 옮겨지게 된 이후 병이란 것을 전혀 생각도 않는 사람을 떠올린다.

　病院に移されてより病をばつゆもおもはず人を思へり

·불에 탄 땅을 약간 고르기하여 지은 병실의 앞쪽에 비틀어진 벽돌 난로로구나.

　焼土をすこしならせる病室の前に歪める煉瓦の炉かな

·눈을 뜨면은 선생님이 계시는 이곳 마당에 작약의 싹이라도 옮겨 심고자 하네.

目開けば先生ましぬこの庭に芍薬の芽を移さんがため

『묘조明星』(明星発行所, 1924.6.)

해설-일본의 재난과 시가 문학

◇

1923년 제국 일본의 심장인 도쿄를 강타한 간토대지진은 일본 문학자들에게도 많은 영향을 주었다. 대표적으로 소설문단에서 사私소설을 더 순수화한 심경心境소설로 경도되는 현상이 빚어진 것을 이야기할 수 있을 것이다. 이것은 일본문학이 보다 '사私'로 기울어진 것이라 말할 수 있으며, 운문 분야에서도 근대 이후 비로소 지진과 재난 상황을 일본어 시가가 표현할 수 있게 되면서 개인의 노래라는 형태를 띠는 진재영震災詠이 간토대지진 직후 대량으로 창작되었다.

여기 해설에서는 근대 이후 지진과 그에 수반한 재난이 시가에 읊어진 현상에 착목하여, '진재문학'으로서 일본 시가 문학의 기능이나 역할, 특징을 함께 생각해 보기로 한다.

◇

본서에 실린 시는 모두 1923년 시화회詩話会에서 펴낸 『재화의 위에서災禍の上に』(東京: 新潮社)에서 발췌하여 번역한 것이다. 시화

회는 1917년부터 1926년까지 지속되었던 일본의 시인 단체로 1919년부터 매년 기관지인『일본시집日本詩集』을 발행하였다. 이 들의 창작시를 엮은『재화의 위에서』는 당시 시단에서 두각을 나 타냈던 주요 시인들이 간토대지진이라는 거대 재난을 어떻게 받 아들이고 문학적으로 즉각 반응하였는지를 가장 잘 살펴볼 수 있 는 좋은 자료라 할 수 있다.

그 동안 국내에 소개된 일본문학은 산문, 그 중에서도 특히 소 설에 집중되어 왔음은 주지의 사실이다. 잘 알려진 근대문학자의 경우조차도 대표 소설 몇 편만이 번역되었을 뿐, 그들의 시작詩作 활동과 그 작품에 대해서는 거의 알려지지 않았다. 따라서 본서 에는 먼저 일본 근대문학에서 주요한 위치를 차지하는 문학자들 의 시를 우선적으로 싣는 한편, 한국 독자들에게는 공백에 가까 울 정도인 여성 시인들의 시와 같이 다소 생소하지만 일독의 가 치가 충분한 작품을 선별하여 함께 엮었다.

본서에 실린 간토대지진에 대한 시들을 몇몇 주제로 분류하기 란 어려운 일이나, 다음 두 시점에서 주목할 만하다고 여겨진다.

첫 번째는 일본의 근대 문명과 도시 문화를 상징하는 수도 도 쿄의 폐허가 된 모습을 애통해하며 나아가 간토대지진을 자본주 의와 근대적 가치만을 맹종한 것에 대한 일종의 '응보'로 받아들 이는 반성적 시각이다. 예를 들어 아키타 우자쿠秋田雨雀의 시 '죽 음의 수도死の都'의 경우 다음과 같은 구절이 눈길을 사로잡는다.

그들은 인간의 생활, 인류 공존의 행복에 관해 생각한 적이
없었다.
그들은 되도록 많이 가지려 하였다.
그들은 자유 경쟁의 철학 위에 지배욕과 피被정복의 도덕을
건설했다.(본서 p.15)

위의 예문에서처럼 시인은 수도 도쿄의 시민들이 근대적 발전
을 이룩하는 것에만 혈안이 되어 보다 중요한 인본적 가치를 외
면해왔음을 비판하며, "너 자신의 품 안에" "불탈 운명을 지니고
있었다"는 문장을 통해 거대 지진이라는 재난을 일으킨 원인은
일본 사회 내부에 잠재되었던 것이라 주장한다.

둘째로 지진 당시의 공포를 전달하는 '기록'에 가까운 시들을
하나의 유형으로 분류할 수 있다. 당시 저명한 영문학자이자 경
성제국대학에서도 재직한 바 있는 사토 기요시佐藤清의 시들이
그 가장 좋은 예일 것이다.

사토는 먼저 지진 당시의 흔들림과 불길을 사자라는 동물의
형상에 빗대어 시각적으로 표현한 '사자'라는 시에서 "불의 회오
리바람", "타오르는 불과 비명", 그리고 "온 몸이 미친 듯한 불길
앞에서 유리문처럼 떨렸다" 등의 시구를 통해 지진 발생 당시의
현장감과 공포의 감정을 시청각적으로 생생하게 전달하고 있다.
또한 그는 이처럼 재난을 기록하는 것에 그치지 않고 여기에 허

구의 이야기를 덧붙임으로써 '있는 그대로'를 넘어선 재난의 '문학적 기록', '재현'을 시도한다. '사람, 불, 지진人, 火, 地震'이라는 시에서 사토는 "불붙은 장지", "불타는 말" 등, 불의 이미지를 사용하여 지진의 상황을 재현하면서 동시에 지진과 불길에 희생된 어린 소녀의 이야기를 교차시킨다.

> "오빠, 불 타 죽기는 싫어요,
> 소매에 불이 붙으면, 이 끈으로 목 졸라 죽여주세요!"
> …중략…
> 여동생의 뺨이 보이지 않게 되었다,
> 아무것도 보이지 않는다,
> 망막의 밑바닥이 새까맣게 고통스럽게 불타오르고 있을 뿐
> 이다.(p.29)

여동생이 지진으로 인한 화마에 휩싸여 죽어가는 비극적 상황을 떠올리는 시적 화자를 통해 독자는 자연 재해로 한 개인의 삶에 갑자기 틈입한 거대한 고통을 함께 경험한다. "아무것도 보이지 않는다"는 역설적 표현을 사용하여 형용하기 어려운 비극적 상황을 산문의 구체적인 묘사보다도 훨씬 강렬하게 독자가 '볼 수 있게' 제시하고, 더불어 "망막의 밑바닥이 새까맣게 불타오르고"라는 구절로 읽는 이의 통각을 자극하며 비극을 겪은 자의 고

통 속으로 안내한다. 사실을 그대로 기록하는 것 또한 문학이 수행해야 할 역할일 수도 있으나, 재난을 경험하지 않은 독자가 상상을 통해 비극을 경험한 자와 공감할 수 있도록 일어난 일을 '재현'하는 것 또한 문학에서만 가능한 영역일 것이다.

이 외에도 예측할 수도, 막을 수도 없는 자연 재해 앞에서 극명하게 드러나는 인간의 한계, 나약함, 무력함을 자조적으로 읊은 시, 그럼에도 불구하고 잿더미로 변한 도쿄에서 실낱같은 희망이라도 그러모아 다시 출발해야만 한다고 다짐하는 시 등 진재를 다룬 문학작품이라면 비교적 떠올리기 쉬운 주제를 노래한 시들도 찾아볼 수 있다.

◇

간토대지진을 소재로 한 단카도 상당히 많은 가인들에 의해 어마어마한 수가 창작되었는데, 본서에 번역 수록한 노래들은 대략 다음의 네 가지 정도로 유형화할 수 있을 듯하다.

우선 재난 현장의 충실한 문학적 기록으로서의 진재영이다. 일기처럼 생생한 재난의 현장을 자신이 처한 입장에서 인간의 생사를 기록한다는 작가의 의식이 노정되는 사례들인데, 이러한 의식은 외형적으로 단카의 앞이나 뒤에 날짜와 시간대, 혹은 장소를 구체적으로 기재하는 형식에서 잘 드러난다. 오카 후모토岡麓(pp.63~64)의 단카가 보여주듯 날짜나 시간의 경과에 따라 재난의

현장이 어떻게 추이되는지 공간 이동에 따라 재난 현상이 어떻게
비치는지를 상세히 기록하고 있는데, 이러한 단카가 기록이 목적
인 르포르타주와 다른 점은 객관적 보도가 아니라 재난에서 살아
남은 사람의 사적이고 주관적인 정서가 분출된다는 점이라 하겠
다. 또한 살았다는 안도감과 살아있음으로 인해 당연히 느끼게
되는 피로의 누적, 그리고 비일상의 재난 현실에 놓여 상실한 일
상에 대한 그리움이 어쩔 수 없이 토로되는 것을 볼 수 있다.

두 번째로는 현실에 대한 위화감과 감각의 착종이 드러나는
경우이다. 지옥을 방불케 하는 간토대지진 참화에서 경악과 비현
실감을 느끼며 꿈과 현실의 감각의 착종을 일으키는 가인들은 많
았으며, 전반적으로 꿈, 악몽, 현실, 마음 등의 가어歌語가 빈출한
다. 그리고

· 추억 떠올릴 의지처조차 없는 불탄 자리에 지금 서 있는
나는 진정한 나이런가.(p.73)
· 악마 같은 신 저주의 목소린가 큰소리 내며 불타버린 마
을을 휘젓는 밤의 폭풍.(p.112)

처럼 내가 나인지 알 수 없는 비현실감, 현실로 도저히 받아들이
기 어려워 재난 상황에서 악마신을 느끼는 것이다. 공황상태가
된 인간의 심적 작용을 노래한 작품이 많고 패닉 상태에서 감각

이 제대로 기능하지 않는 것에 대한 표현도 눈에 띈다. 더불어 대지진을 세상의 종말이나 천벌로 받아들이거나, 현실과 동떨어진 과거의 세상을 상상하는 마음의 작용이 토로되어 있는 것도 눈여겨 볼 대목이다.

세 번째는 재난 속에서 인간을 보는 시선인데, 특히나 인간성을 드러내는가 상실하는가에 초점이 맞추어져 있다. 천재지변으로 인해 삶이 처절히 파괴된 현장에서도 단카는 인간의 여러 군상들을 그려 낸다. 자연과 신적인 존재만이 아니라 극한 상황에서 인간성을 상실하거나 혹은 복구에 대한 희망도 역시 사람에게 걸 수밖에 없다는 인식이 깔려있기 때문일 것이다. 이러한 예로 가장 자주 접하게 되는 것은 인간 삶의 터전인 집에 대한 갈구와 가족에 대한 맹목적 보호본능이라 하겠다. 그 대표적인 예로 당시 어머니와 여동생 셋을 잃은 다카다 나미키치高田浪吉(pp.99~101)의 경우는, 당사자는 물론 함께 활동한 『아라라기』 동인들로부터 가장 빈번하게 비극적 동료로 단카에 호명된 인물이었다. 그리고 아래와 같이

· 죽은 아이를 부모가 버렸구나 해자 근처에 버드나무 푸르고 선선한 곳에다가. (p.81)
· 양 기슭에서 그저 던지고 던진 돌팔매질 아래 가라앉은 남자는 결국 떠오르지 않고.(p.117)

처럼 드물지만 극한 상황에 인간 본성이 상실되는 것에 대한 경각심을 보이는 사례들은 강렬하고 섬뜩하다.

마지막으로 이러한 유동적이고 변화무쌍한 재난 속 인간의 모습과 대조되는 자연물을 소재로 하는 단카도 특징적이다. 특히나 오카모토 가노코岡本かの子(pp.67~68)와 같은 가인에게서 두드러지는 방식이라고 하겠는데, 그녀가 노래한 벚꽃 외에도 무궁화나 부용꽃과 같은 식물, 귀뚜라미, 매미, 나비, 멧새, 달과 같은 자연 경물들이 천재지변에도 변함없는 즉 부동의 것으로서 제시되어 있다. 이러한 소재는 재난을 당한 극한 상황에서 유동적이고 가변적인 인간 운명과 본성에 따른 행동을 할 수밖에 없는 인간 군상의 대조물로 작용한다.

2010년대에 들어와 발생한 거대한 자연 재해를 겪으면서 문학의 영역에서는 그 증언과 애도의 역할이 재조명되었다. 특히 일본에서는 동일본대지진 이후 재난에 대한 문학적 반응 중 다수가 시가 장르를 통해 표출되었다. 이 같은 현상은 갑작스럽게 닥친 재난적 상황을 정리하고, 산발적으로 흩어진 증언과 경험담, 이야기들을 통합하여 널리 알림으로써 혼란과 슬픔에 빠진 사람들을 위로한다는 문학 고유의 ─ 그러나 오랫동안 상실하였던 ─ 사회적 역할을 시가 장르가 다시 획득했음을 잘 나타낸다고 할 수 있다.

이러한 시점에 근대 이후 가장 큰 재난이라 불리는 간토대지진을 목도한 당대의 문학자들이 이를 기록하고 그들의 죽음을 애도하며 진혼鎮魂하는 데에 시가라는 장르를 어떻게 활용하였는지 되돌아보는 것은 의미 있는 작업일 것이다.

재난에 대해 쓰고 읽는 행위의 목적은 첫째로 일어난 일을 잊지 않기 위함이고, 둘째로 그로 인한 상처와 슬픔을 나누어 짊어지기 위함이요, 마지막으로 무엇보다 살아남은 자들이 재난 이후에도 계속되는 생을 살아갈 명분과 힘을 찾기 위함일 것이다. 본서에 수록된 시 중에서 무샤노코지 사네아쓰武者小路実篤는 "지난 일은 어쩔 수 없지만 / 다가올 것에는 가능한 한 준비를 해야만 한다"고 목소리를 높이며 "사람들이 구김 없이 살 수 있는 세계, / 그것이 올 수 있도록, 준비는 되었는가"(p.50)라고 질문을 던진다. 몇 번이고 더 찾아올 거대한 자연 재해 앞에서 우리는 또 다시 무력하게 쓰러질 것이고 고통은 반복될 것이다. 그러나 재난 자체를 예방하는 것보다도 중요한 것은 재난 이후와 다가올 또 다른 재난의 시간을 모두가 함께, 서로의 다른 기억과 슬픔에 공명하며 견뎌낼 수 있도록 준비하는 것이라고, 앞선 재난의 시대를 살아간 문학자들은 이야기하고 있는지도 모른다.

시가로 읽는 간토関東대지진

초판 인쇄   2017년 8월 22일
초판 발행   2017년 8월 30일
편역자   엄인경·김보경
펴낸이   이대현
편 집   홍혜정
펴낸곳   도서출판 역락
주 소   서울시 서초구 동광로 46길 6-6 문창빌딩 2층
전 화   02-3409-2060(편집부), 2058(영업부)
팩 스   02-3409-2059
등 록   1999년 4월 19일 제303-2002-000014호
이메일   youkrack@hanmail.net
ISBN   979-11-5686-952-8 03830

이 저서는 2007년 정부(교육과학기술부)의 재원으로 한국연구재단의 지원을 받아
수행된 연구임(NRF-2007-362-A00019).